이주홍 일기
2

이 저서는 2021년 대한민국 교육부와 한국연구재단의 지원을 받아 수행된 연구임(NRF-2021S1A5C2A02086918)

대동문화자료총서

이 주 홍 일 기 1

이주홍 일기

정우택 • 이경돈 • 임수경 • 유석환 • 박성태 편저

2

Aug. 16

1971 1972

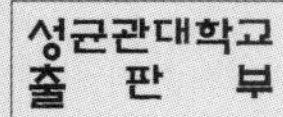

책머리에

향파 이주홍(向破 李周洪, 1906~1987)은 1920년대 등단하여 한국문단의 중심부에서 활동하다가 1947년 이후 부산으로 이주하여 부산문단을 이끌었다. 그는 요산 김정한(樂山 金廷漢, 1908~1996)과 함께 부산문단의 기초를 놓은 작가로 널리 알려져 있다. 1910년대의 한국문학사를 이광수와 최남선의 2인문단시대로 규정한 적이 있었는데, 초창기의 부산문학사, 적어도 초기의 부산소설사는 이주홍과 김정한의 2인문단시대라 해도 과언이 아닐 만큼 부산문단에서 차지하고 있는 두 작가의 위상은 드높기만 하다.

이주홍은 아동문학을 비롯하여 시, 소설, 희곡, 시나리오, 수필, 번역, 만문만화뿐만 아니라 연극 연출, 잡지 편집, 삽화, 서예, 작사 등에 이르기까지 문예 전반에 걸쳐 활동했다. 또한 『윤좌(輪座)』, 『갈숲』 등의 동인지, 『문학시대』와 같은 문예지의 창간멤버로 활약하면서 부산문학의 확산 및 재생산에도 크게 기여했다. 이처럼 이주홍은 부산문학사에서 빼놓을 수 없는 주요 작가이자 여러 재능을 선보인 이채로운 작가이기에 연구자들은 일찍부터 이주홍을 주목했다. 주요 활동 분야였던 아동문학에 관한 연구를 중심으로, 생애사, 소설사, 연극사, 시가사, 미술사 등의 관점에서도 다양한 연구가 진행되고 있다.

다방면에서 입체적으로 활동한 만큼 이주홍을 이해하는 데에는 많은 복잡함과 어려움, 의문이 남는다. 예컨대, 이주홍은 1920년대 말에 등단한 이후 사회주의 리얼리즘에 심취한 작가이면서 동시에 1930년대 『풍림』의 편집에 관여하며 『시인부락』과도 통하였다. 광복 직후에는 조선프롤레타리아문학동맹 및 조선문학가동맹의 집행위원으로도 활동했다. 그러나 1947년 무렵에 사회주의 조직과 절연하고 부산으로 이주, 남은 생을 부산에서 지냈다. 이주홍은

왜 갑자기 전향했을까? 이뿐만이 아니다. 한국전쟁 직후 10여 년 동안 이주홍은 소설 집필을 거의 하지 못했다. 흥미롭게도 김정한 또한 그 시기에 비슷한 상황에 빠져 있었다. 왜 그랬던 것일까? 이런 지점에서 일기나 편지와 같은 사적 기록물의 가치를 절감하게 된다.

성균관대학교 대동문화연구원은 2021년 9월부터 한국연구재단 인문사회연구소지원사업의 일환으로 〈근대작가 사적 기록물 DB〉 연구과제를 수행하고 있다. 사적 기록물이란 일기, 서간, 창작노트 및 메모, 강의노트 등 공간을 목적으로 하지 않거나 공간되지 않은 문서 일체를 지칭한다. 문학작품이 역사학, 사회학 등의 분야에서도 폭넓게 활용되는 것처럼 당대의 인간상과 시대상이 생생하게 담겨 있는 사적 기록물은 기존의 한국 인문학을 새롭게 조명하거나 혁신할 가능성을 가지고 있다. 개인의 탄생, 내면의 발견, 사생활의 역사, 일상사, 미시사와 같은 학술용어들이 대변하듯 사적 기록물의 학술적 가치는 매우 풍부하다.

안타깝게도 사적 기록물은 공적 기록물에 비해 망실될 위험이 더 크다. 훼손되면 복원할 수 없는 유일본이기 때문이다. 현재 근대작가의 사적 기록물은 전국 소재 문학관과 박물관, 도서관, 유족, 개인 수집가 등이 소장하고 있다. 하지만 증여, 경매, 밀거래 등에 의해 언제 망실될지 알 수 없다. 더구나 지방 소장처들의 경우 대부분 지자체의 직영이든 위탁운영이든 최소한의 예산만 배정되기 때문에 기록물의 정리는커녕 관리조차 버거운 것이 오늘날의 실정이다.

다행히도 연구원의 문제의식에 전국의 사적 기록물 소장처들이 적극적으로 공감해 주었다. 수도권에서는 국립중앙도서관과 국립어린이청소년도서관, 영인문학관 등, 지방에서는 이주홍문학관, 석정문학관, 목포문학관, 시문학파기념관 등이 도움을 주었다. 또 오영식, 오성국 등의 개인소장자들도 적지 않은 자료를 제공해 주었다. 그 결과 연구원은 상당한 양의 사적 기록물을 확보할 수 있었다.

연구원은 전문 연구자는 물론 일반인도 손쉽게 이용할 수 있도록 다양한 자료 작업을 진행해 왔다. 이를테면, 사적 기록물의 원본 이미지를 확보하고, 필기체로 작성된 원문의 입력본과 그 현대어본을 제작했다. 디지털 인문학에 활용될 수 있도록 특정한 정보를 추출·가공하는 작업도 병행했다. 이번에 자료집으로 출간하는 『이주홍 일기』도 그 작업의 일환이다.

이주홍은 식민지시기부터 죽기 직전까지 반세기를 훌쩍 넘는 기간 동안 일기를 썼다. 그의 일기에는 인간 이주홍의 삶, 작가 이주홍의 내면과 주변, 그리고 격동의 한국 근·현대사를 몸소 살아낸 한 개인의 증언이 담겨 있다. 하지만 안타깝게도 반 이상의 일기가 망실되어 이주홍 일기의 전모는 영원히 알 수 없게 되어버렸다. 그나마 현존하는 이주홍 일기 17권만이라도 수습할 수 있어 다행이지만, 근대작가의 사적 기록물 연구를 조금만 더 일찍 시작했더라면 하는 아쉬움을 지울 수 없다.

이주홍은 살아생전에 자신의 글들을 모아서 여러 형태로 출간했다. 그것들을 포함하여 이주홍의 글들을 정리한 자료집으로는 『이주홍 소설 전집』(전5권, 류종렬 편, 세종출판사, 2006)과 『이주홍 극문학 전집』(전3권, 정봉석 편, 세종출판사, 2006), 『이주홍 아동문학 전집』(전6권, 공재동 외 편, 이주홍문학재단, 2019~2022) 등이 있다. 모두 이주홍의 작품들을 정리한 것이다. 이번에 성균관대학교 대동문화연구원과 이주홍문학관이 함께 출간하는 『이주홍 일기』는 17권 중 앞 시기 4권, 곧 1968년·1970년·1971년·1972년분을 묶은 것이다. 그 외 나머지 일기들도 순차적으로 출간할 계획이다. 『이주홍 일기』는 이주홍 연구뿐만 아니라 한국 인문학 연구를 새롭게 조망할 수 있는 밑거름이 되어줄 것이라고 믿는다.

사적 기록물이라는 명칭대로 지극히 개인적인 내용이 담겨 있는 일기의 출간을 흔쾌히 허락해 준 박무연 사모님, 류청로 이사장님, 이칠우 관장님, 강영희 사무국장님 등 유족 및 이주홍문학관 관계자분들께 감사드린다. 또한 부산대학교 이순욱 교수의 도움이 없었다면 문학관과 연구원의 협력관계는 성사되기 어려웠을 것이다. 이 자리를 빌려 다시 한번 감사드리는 바이다. 이주홍 자료수집을 함께한 엄동섭 선생님과 최수일, 정창훈 교수, 난해한 한시 번역 및 한자 판독을 맡아준 이영호, 방현아 교수, 각종 업무에 도움을 준 연구보조원들에게도 고마운 마음을 전한다. 마지막으로 귀한 자료가 다시금 빛을 볼 수 있도록 지원을 아끼지 않은 한국연구재단에 감사드린다.

2023년 12월

연구책임자 정우택

교화가 초목을 덮고

한 위인의 생애를 제삼자가 기록한 것이 전기라면 본인이 기록한 것은 자서전이다. 일기는 본인의 기록이라는 점에서 자서전과 같은 계열이지만 목적과 의도에서 매우 다르다. 전기와 자서전 이 둘은 모두 읽힐 목적으로 쓴 글이라고 한다면 일기는 타인을 의식하지 않은 한 개인의 비밀스런 기록이다. 일기는 그날그날 생활 주변에서 일어나는 사소한 일들이 소재가 된다. 위인의 생애를 위인전으로 읽을 때와 일기로 읽을 때의 감동이 매우 다른 것은 위인전에는 한 위인이 있지만 일기에는 한 인간이 있기 때문일 것이다.

최근 몇 년 사이 우리 문단에는 주목받을 만한 작가들의 일기가 책으로 나왔다. 2013년 '이오덕의 일기'가 단행본으로 나온 데 이어 2015년 '김현의 일기', 2019년에는 '가람 일기', 2023년 '이수영 일기'가 공개되었다. 이들 일기는 한 시대를 증언하는 소중한 기록이며 문화적 유산이다. 일기는 한 개인의 기록을 넘어 사료로서 사회적 가치를 가지기도 한다. 충무공의 『난중일기』를 통해 16세기 조선의 처절한 역사적 현실을 알게 되고 연암의 『열하일기』를 통해 18세기 청나라의 문물을 한눈에 볼 수 있는 것은 일기가 가진 역사성 때문이다.

향파 이주홍 타계 37년 만에 일기가 출판된다. 향파는 금세기 보기 드문 천재적 역량을 두루 갖춘 종합 예술인으로 그동안 향파 문학은 몇 차례 전집을 통해 정리가 되어가고 있으나 일기가 공개되는 것은 처음이다. 『이주홍 아동문학 전집』에 이어 이제 일기가 책으로 엮어지면서 명실공히 향파 이주홍의 문학적 정리가 마무리되는 셈이다. 천자문에 이르기를 '化被草木 賴及萬方'이라고 했다. '교화가 초목을 덮고 신뢰가 만방에 이른다.'는 뜻이니 향파의 일기가 지역 사회는 물론 한국 문화계에 던질 화두가 바로 이런 것이 아닐까.

선거철을 맞아 우후죽순처럼 쏟아지는 정치인들의 자서전을 보면서 새삼 향파 일기를 출판하는 성균관대학교 대동문화연구원에 대해 이주홍문학재단 일원으로서 고마운 마음을 전하고 싶다.

2023년 12월

이주홍문학재단 이사 공재동

차례

일러두기

1. 『이주홍 일기』는 이주홍 문학관 소장 육필 일기 전문을 수록한 것이다.
2. 원문의 표기법을 존중하되, 현행 국립국어원 어문 규정을 원칙으로 하였다.
3. 명백한 오탈자에 한해서 원문 표기를 수정하였다.
4. 원문의 한자 중 간체자는 정자로 표기하였다.
5. 독해가 어려운 어휘는 한자 또는 원어를 병기하거나 주석을 달았다.
6. 한시 등의 한문은 번역문을 첨부하였다.
7. 아라비아 숫자는 원문대로 표기하고, 그 외 숫자는 한글로 표기하였다.
8. 문장부호 『 』는 매체명과 장편, 「 」는 단편, 〈 〉는 영화, 연극, 음악, 그림, 강연 등에 사용하였다.
   단, 매체명과 회사명이 동일한 경우 구별해 표기하였다.
9. 한자 판독 전문가의 감수 후에도 확정할 수 없는 글자는 '○'로 표기하였다.

1971년 일기

'71

知性日記

그날그날의 발자국 1971

명사의 일기

1835년 1월 1일

새해의 날씨는 그야말로 명랑하게 트기시작한다. 이렇게 날씨가 좋은 정월 초하룻 날은 본 일이 없다. 공기는 맑고 상쾌하며 눈을 녹이지 않을 정도로 차다. 눈이 있으면 썰매를 탈 수 있으니까 도심을 찾아드는 사람에게는 큰 도움이 된다. 나는 열 두시에 썰매를 타고 나가 네시까지 여러 곳을 방문하였다.

방문을 하지못한 집 서너 군데는 저녁 때 아내와 함께 들렀다. 〈부로드 웨이〉는 아침부터 저녁까지 나들이 옷을 입은 사람들로 폭주했으며 썰매에 달린 방울 소리가 그칠 사이 없이 들려왔다. ……..

휠립 · 호온

(Philip Hone, 1780–1851)

뉴욕에서 출생하여 1825년에는 시장에 당선되었다. 그리고 십여개의 각종 기관을 창설하고 혹은 그책임자로 혹은 이사의 한 사람으로 활약하였다. 71세에 세상을 떠나기까지 쉬지 않고 일기를 썼으며 〈호온〉의 일기는 역사가에게 있어서만 아니라 일반 독자 에게도 애독 될만한 작품이다.

월 일 요일 날씨

어찌어찌 하다가 올해는 일기
책을 못 샀더니, 일기란 역시 안
하는 것 보단 하는 것이 낫다는
것을 느끼게 되었다, 그러다가
서울 갔던 길에 화신에서 이
일기책을 샀다. 2월 9일 서울
갔던 일로 부터 쓴다.

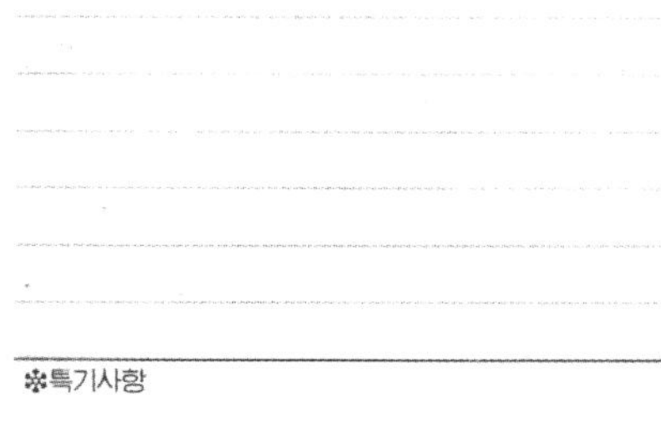

※특기사항

Heaven's vengeance is slow but sure. (천벌은더디긴 하나 반드시 내린다) 2

어찌어찌하다가 올해는 일기책을 못 샀더니, 일기란 역시 안 하는 것보단 하는 것이 낫다는 것을 느끼게 되었다. 그러다가 서울 갔던 길에 화신에서 이 일기책을 샀다. 2월 9일 서울 갔던 일로부터 쓴다.

월 일 요일 날씨

※특기사항

3 Money often makes the man. (때로는 돈이 사람을 만든다)

2월 9일 요일 날씨

아침 九時 관광호 기차로 上京. 밤엔 安春根, 崔仁旭 씨와 같이 술을 마시며 積阻했던 회포를 풀었다. 그 자리엔 南光祐 씨도 있었다.

※특기사항

Failure teaches success. (실패는 성공으로 이끈다) 4

2월 9일

아침 아홉 시 관광호 기차로 상경. 밤엔 안춘근, 최인욱 씨와 같이 술을 마시며 적조했던 회포를 풀었다. 그 자리엔 남광우 씨도 있었다.

2월 10일

온 김에 현대문학사에 들렀다. 조연현, 김수명, 김윤성 씨들과 만났다. 점심땐 허웅 씨와 함께 신구문화사의 이종익 사장이 대접하는 점심을 같이 먹었다. 그전에 월간문학사에 갔더니 김영일 씨가 나와 있지 않았다. 신동아사에 들렀더니 마침 이영우, 권도홍 군들 두 부장이 있어서 차 대접을 받고 왔다. 밤엔 송재오, 허웅 씨와 술을 마시고.

2월 11일

을유문화사에 들러 안춘근 씨와 정진숙 사장을 만나고, 12시 반 관광호 열차로 내려왔다. 오면서 옷을 한 벌 사주었더니 은아는 그럴 수 없게 좋아했다. 밤엔 가족들이 있는 앞에서 나 혼자 맥주를 네 병이나 마시며 즐겼다.

2월 12일 요일 날씨

※특기사항

7 Children and fools tell the truth. (어린이와 바보는 참말을 한다)

2월 13일 요일 날씨

※특기사항

There is no smoke without fire. (아니 땐 굴뚝에 연기나랴) 8

2월 12일

이발, 종일 집에서 몸을 쉬었다.

2월 13일

은아를 데리고 사진관에 가서 사진을 찍고 와 원고를 썼다. 밤엔 최 선생을 불러다 술. 옥이가 합천에서 왔는데, 병칠 모 감기로 아버님 제사에 못 내려온다는 기별이었으므로 매우 섭섭했다.

2월 14일

아버님의 제삿날. 아침에 놀라운 소식, 그의 동생 의상이가 전화를 했는데 어제 형 의홍 씨가 죽었다는 것이었다. 번뜩 그 악처 때문에 자살을 했을 거라고 추정했다. 참으로 아까운 사람이 갔다. 가정 사정으로 보아 그는 벌써 자살할 사람으로 알고 있었다. 종일 조 씨의 생각이 머리에서 떠나지 않았다. 밤엔 아이들과 함께 제사를 모셨다.

2월 15일

아미동 조의홍 씨 집에서 있을 발인제에 참례. 조 씨의 형 의신 씨가 의홍 씨는 자살을 한 거라 하면서 그가 남겨놓고 간 유서를 내게 주었다. 장지인 공원묘지에 같이 갔다. 유서를 펴 보니 내용은 다음과 같은 것이었다. 봉투에 “향파 선생님” 다섯 자. 남색 볼펜으로 썼다.

“마음의 스승 향파 선생

농악 소리가 요란하고 아이를 찾는 목메인 스피커 소리도 납니다. 따사로운 햇빛이 드는 방에서, 선생님과 주고받던 수많은 대화가 맥주홀에서의 말씀이 더욱이 선명히 기억납니다. 무능한 놈은 갑니다. 선생님 몸 건강히”

참으로 가슴 울렁이는 것이 있었다.

학교에 가서 월급을 타가지고 왔다. 밤엔 우하 부처 청해 저녁 대접. 나중에 윤정규 군과 최 선생 부처도 와서 같이 먹으며 놀았다.

2월 16일

문화공보부에 ‘예술문화인카드’ 발송. 은아를 데리고 시내에 내려가 그가 즐기는 불고기 사먹고, 동명극장에서 〈위대한 생애〉를 좀 보다가 올라왔다. 밤엔 『수대학보』에 실을 「작은 빛의 문」 일 회분을 썼다.

2 월 17 일 요일 날씨

※특기사항

13 Order is power. (질서는 힘이다)

2 월 18 일 요일 날씨

※특기사항

Laugh and grow fat. (웃고 살쪄라) 14

2월 17일

학교에 나가서 추가 시험을 치고 왔다. 종일 눎.

2월 18일

원고 쓰고, 밤엔 이기영 씨와 장 씨와 늦도록 술을 마셨다.

2월 19일 요일 날씨

이발, 종일 놀고.

※특기사항

15 Zero is a starting point of life. (영은 인생의 출발점이다)

2월 20일 요일 날씨

낮엔 글 쓰고, 밤엔 최 선생과 집에서 술을 마시고 놀았다.

※특기사항

Public opinion is a second conscience. (여론은 제이의 양심이다) 16

2월 19일

이발, 종일 놀고.

2월 20일

낮엔 글 쓰고, 밤엔 최 선생과 집에서 술을 마시고 놀았다.

2월21일 요일 날씨

종일 글을 썼다.

※특기사항

17 When you are in doubt abstain. (의심날때는 삼가라)

2월22일 요일 날씨

새벽 다섯시 반경 은아가 배가 아프다면서 소리를 치기에 일어나 잠을 못자고 있다가, 일곱시에 R이 업고 김위상소아과로 달려갔다. 무슨 병일까, 결과를 알면 체했다는 것이다. 겨우 마음을 놓았다. 학교에 나가 졸업식에 참가. 밤엔 교수들과 술을 많이 마시고 왔다.

※특기사항

History is but a fable agreed on. (역사는 합의된 이야기에 불과하다) 18

2월 21일

종일 글을 썼다.

2월 22일

새벽 다섯 시 반경 은아가 배가 아프다면서 소리를 치기에 일어나 잠을 못 자고 있다가, 일곱 시에 R이 업고 김위상소아과로 달려갔다. 무슨 병일까, 결과를 알면 체했다는 것이다. 겨우 마음을 놓았다. 학교에 나가 졸업식에 참가. 밤엔 교수들과 술을 많이 마시고 왔다.

2 월 23 일 요일 날씨

은아 데리고 금강원엘 산책했다.
신동아, 현대문학, 월간문학 등 사와
뒤적거리고.

※특기사항

19 Man shall not live by bread alone. (인간은 빵으로만 사는 것이 아니다)

2 월 24 일 요일 날씨

원고 쓰고.

※특기사항

He that endures over comes. (참는자가 이긴다) 20

2월 23일

은아 데리고 금강원엘 산책했다.

『신동아』, 『현대문학』, 『월간문학』 등 사와 뒤적거리고.

2월 24일

원고 쓰고.

2 월 25 일 요일 날씨

원고 쓰고, 오후엔 KU에 가서 3.1절 관계 방송 녹음해주고 오고,

※특기사항

21 Care is an enemy to life. (근심은 인생의 적이다)

2 월 26 일 요일 날씨

김충근, 백재영씨가 놀러왔기에 文化飯店에 가서 술을 마셨다. 그전에 李載浩가 생일宴을 집에서 한다고 청했을 적에 지어 文化飯店에서 맥주를 얻어먹었다는 헌시를 두메한테서 들어 여기에 적어 남긴다.

載浩先生招請事
七月七夕最適當
[illegible]
[illegible]

※특기사항

Love and poverty are hard to hide. (사랑과 가난은 감추기 어렵다) 22

2월 25일

원고 쓰고, 오후엔 KU[1]에 가서 3 · 1절 관계 방송 녹음해주고 오고.

2월 26일

김충근, 백재영 씨가 놀러왔기에 문화반점에 가서 술을 마셨다. 그전에 이재호가 생일연을 집에서 한다고 청했을 적에 지어 문화반점에서 맥주를 얻어먹었다는 헌시를 두메한테서 들어 여기에 적어 남긴다.

載浩先生招請事	재호 선생이 초청하는 일은
七月七夕最適當	칠월칠석이 가장 적당하다네

1) 부산문화방송.

十年一度新奇事	십 년에 한 번 새롭고 기이한 일이니
王冠麥酒與同樂	크라운맥주로 함께 즐거워하네

2 월 27 일 요일 날씨

※특기사항

23 Time is Money. (시간은 돈이다)

2 월 28 일 요일 날씨

※특기사항

Nothing comes from nothing. (무에서 유가 생기지 않는다) 24

2월 27일

『새 교실』에 보낼 수필「시화낙수초」13매를 썼다.

2월 28일

새벽 3시에 일어나『수필문예』에 보낼 원고「또, 시가 있는 일기초」12매를 썼다. 며느리의 약혼 때문에 사돈집 사람들과 제일식당에서 만났다. 저쪽은 딸과 부모 자매, 이쪽은 창식과 우리 부처. 서울에 보내는 원고 우편으로 보내고.

3월 1일 요일 날씨

※특기사항

25 Do as you would be done by. (자기가 대접을 받고 싶은대로 남을 대하라)

3월 2일 요일 날씨

※특기사항

Union makes power. (단결은 힘이다) 26

3월 1일

종일 원고 쓰고, 밤엔 닭 한 마리 볶아 최 선생 부처와 같이 술 마시며 놀았다.

3월 2일

종일 비가 내린다. 원고 쓰고. 밤엔 저녁 식사로 R이 중국식 만두를 만들었는데, 진짜와 다름없는 상품이었다.

3월 3일 요일 날씨

※특기사항

27 The eye is the mirror of the soul. (눈은 마음의 거울이다)

3월 4일 요일 날씨

※특기사항

Man is a reed that thinks. (사람은 생각하는 갈대이다) 28

3월 3일

학교에 나갔다가 시내에서 R과 은아를 만나 점심을 같이 먹고 봄 바바리 하나를 샀다. 도쿄 가네코 노보루 씨로부터 편지와 책이 왔다.

3월 4일

도쿄 가네코 노보루 씨에 편지 띄우고, 종일 원고 씀.

3월 5일

글 썼다가 말았다가. 은아는 요즘 노래 외에 동화도 곧잘 한다.

3월 6일

원고 쓰고. 『여성동아』에 쓸 콩트 쓰려다가 다른 원고 썼다. 이발. 밤엔 증조부님 제사가 있었다. 시키지도 않았는데 은아는 저희 오빠들 새에 끼어서 기가 막히도록 참하게 예쁘게 절을 했다. 마지막까지, 가끔은 킥킥 웃어가면서.

3 월 7 일 요일 날씨

※특기사항

31 Poverty is stranger to industry. (부지런한데 가난은 없다)

3 월 8 일 요일 날씨

※특기사항

Better late than never. (늦더라도 안하는것 보다 낫다) 32

3월 7일

원고 쓰고, 눈병이 나서 민중병원에 내려가 주사를 맞고, 우하가 내는 점심을 먹었다. 『독서신문』에 보낼 '교수칼럼' 8매 쓰고. R은 은아 데리고 남천동에 갔다.

3월 8일

합천에서 병칠 모와 홍이 모가 왔다.

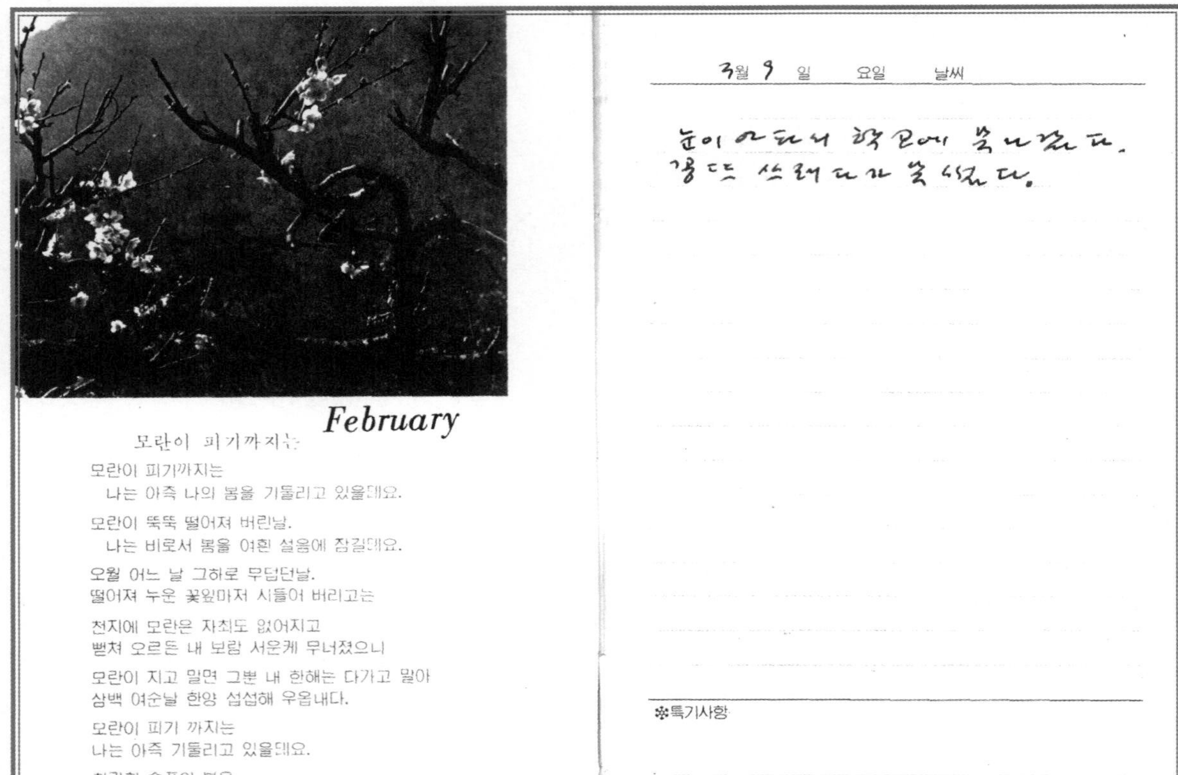

February

모란이 피기까지는

모란이 피기까지는
　나는 아즉 나의 봄을 기둘리고 있을테요.
모란이 뚝뚝 떨어져 버린날.
　나는 비로서 봄을 여흰 설움에 잠길테요.
오월 어느 날 그하로 무덥던날.
떨어져 누운 꽃잎마저 시들어 버리고는
천지에 모란은 자최도 없어지고
뻗쳐 오르든 내 보람 서운케 무너졌으니
모란이 지고 말면 그뿐 내 한해는 다가고 말아
삼백 여순날 한양 섭섭해 우옵내다.
모란이 피기 까지는
나는 아즉 기둘리고 있을테요.
찬란한 슬픔의 봄을

〈김영랑〉

3월 9 일　요일　날씨

눈이 아파서 학교에 못 나갔다.
콩트 쓰려다가 못 썼다.

※특기사항

Lost time never found. (인생 일거 무소식)　34

3월 9일

눈이 아파서 학교에 못 나갔다. 콩트 쓰려다가 못 썼다.

3월 10일 요일 날씨

※특기사항

35 Credit is capital. (신용은 자본이다)

3월 11일 요일 날씨

※특기사항

Duty before pleasure. (의무는 쾌락에 앞선다) 36

3월 10일

독서신문사에 '교수칼럼' 8매를 보냈다. 제「재주와 덕」

『여성동아』에 줄 콩트「붉은 인형」12매 쓰다.

3월 11일

콩트「봄」으로 개제 청서. 낮엔 R과 은아와 제일식당에 내려가서 점심(파적)을 먹었다.

3월 12일

간밤엔 아버님의 꿈을 뵈었다. 깨끗한 흰옷을 입으시고, 매우 침착한 표정이셨는데, 내가 같이 버스를 타고 가실 게 아니냐고 했더니, 내가 온 지 금방인데 가겠느냐 하셨다. 나중엔 아버님의 무덤도 보였다. 『신동아』에 콩트 「봄」 보냄.

3월 13일

원고 쓰고. R은 은아 데리고 대신동 병칠의 집에 와있는 병칠, 홍이 모를 만나러 가고.

3월 14일 요일 날씨

원고 쓰고, 이발.

※특기사항

39 Ill got, ill gone. (불의의 재물은 오래가지 못한다)

3월 15일 요일 날씨

종일 원고 쓰고,

※특기사항

From pure spring pure water flows. (웃물이맑아야 아랫물도 맑다) 40

3월 14일

원고 쓰고, 이발.

3월 15일

종일 원고 쓰고.

3월 16일 요일 날씨

※특기사항

41 An old dog does not bark for nothing. (늙은 개는 함부로 짖지 아니한다)

3월 17일 요일 날씨

※특기사항

All the great ages have been ages of belief. (위대한 시대는 신념의 시대이다) 42

3월 16일

신학기 처음으로 수업, 도쿄 가네코 노보루 씨로부터 『중국영걸전』을 구송해주었다.

3월 17일

학교 수업, 은아가 아파서 병원에 가 보이고 왔다. 기관지가 나쁘다는 이야기지만 확실한 건 몰랐다.

3 월 18 일 요일 날씨

※특기사항

43 A man becomes learned by asking questions. (질문함으로써 지식은 넓어진다)

3 월 19 일 요일 날씨

※특기사항

Spare the rod and spoil the child. (매를 아끼면 아이를 망친다) 44

3월 18일

학교 나갔다 돌아와 글 썼다. 은아는 또 병원 가고.

3월 19일

추진순이 와서 다른 데로 개가를 한다 하고 가기 전에 정화 군의 시집을 내겠다고 의논을 해왔다. 밤엔 그 시집의 서문 여섯 장을 썼다. 『수대학보』의 원고 「힘과 도」 7매도 쓰고.

3월 20일

이발, 오후엔 국제신보 문화부에서 취재를 하러 왔다가 갔다.

3월 21일

김혜성, 황을순 양 씨가 놀러 왔기에 제일식당에 내려가서 점심을 먹었다. 밤엔 최 선생과 우하를 오게 해 집에서 술을 마시고 놀았다.

3 월 22 일 요일 날씨

종일 원고 씀. 安春根 씨로부터 4월 3일에 崔仁旭·春根·向破와 讀書講演會를 부산에서 열자는 편지가 왔다. 은아는 아직도 完快가 돼 있지 않고 있다.

※특기사항

47 Experience is the best teacher. (경험은 가장 좋은 스승이다)

3 월 23 일 요일 날씨

학교 강의. 강연회 관계 협의차 부일 문화부 사람들 만남.

※특기사항

Everything comes to those who wait. (울지 않는 애기 젖줄까) 48

3월 22일

종일 원고 씀. 안춘근 씨로부터 4월 3일에 최인욱, 춘근, 향파와 독서강연회를 부산에서 열자는 편지가 왔다. 은아는 아직도 완쾌가 돼 있지 않고 있다.

3월 23일

학교 강의. 강연회 관계 협의차 부일 문화부 사람들 만남.

3 월 24 일 요일 날씨

학교 강의,

※특기사항

49 Evil be thou my good. (악이여! 너는 나의 선이 되라)

3월 26 일 요일 날씨

감기가 들어서 종일 누워 있었다, 밤엔 증조모님의 제사가 있었고, 이발.

※특기사항

A fool laughs when others laugh. (바보는 남 따라 웃는다) 50

3월 24일

학교 강의.

3월 26일

감기가 들어서 종일 누워있었다. 밤엔 증조모님의 제사가 있었고. 이발.

3 월 27 일　　요일　　날씨

종일 원고. 목욕.

※특기사항

51　A friend in need is a friend indeed. (어려울때 도와주는 친구가 참된 친구니)

3 월 28 일　　요일　　날씨

일요, 남천동 할머님의 생일. 가족 모두가 통도사에 가서 놀다가 돌아왔다. 아침에는 수대 백경회관의 간판 글씨 쓰고.

※특기사항

Knowledge is power. (아는 것이 힘)　52

3월 27일

종일 원고. 목욕.

3월 28일

일요, 남천동 할머님의 생일. 가족 모두가 통도사에 가서 놀다가 돌아왔다. 아침에는 수대 백경회관의 간판 글씨 쓰고.

3 월 29 일 요일 날씨

원고 쓰고, 종일 비가 내렸다.

※특기사항

53 Example is better than precept. (교훈 보다는 실천)

3 월 30 일 요일 날씨

학교 강의. 와서 원고 쓰고,

※특기사항

All covet, all lose. (모든 것을 탐내면 모든 것을 잃는다) 54

3월 29일

원고 쓰고, 종일 비가 내렸다.

3월 30일

학교 강의. 와서 원고 쓰고.

3월 31일 요일 날씨

학교 강의.

※특기사항

55 Kind words are more than coronets. (친절한 말은 왕관 보다 낫다)

4월 1일 요일 날씨

학교 강의. 와서 원고 쓰고. 이발

※특기사항

Ill news has wings. (나쁜 소문은 빨리 퍼진다) 56

3월 31일

학교 강의.

4월 1일

학교 강의. 와서 원고 쓰고. 이발.

4월 2일 요일 날씨

원고 쓰고.

※특기사항

57 A bad workman quarrels with his tools. (서투른 일꾼이 연장만 나무란다)

4월 3일 요일 날씨

공항에 가서 安春根, 崔仁旭 兩氏 영접. 下午 1時에 釜山商工會議所 홀에서 강연. 나의 演題는 "漢詩와 生活"

※특기사항

Every miller draws water to his own mill. (아전인수 : 我田引水) 58

4월 2일

원고 쓰고.

4월 3일

공항에 가서 안춘근, 최인욱 양 씨 영접. 하오 1시에 부산상공회의소 홀에서 강연. 나의 연제는 〈한시와 생활〉.

59 One man's meat is another man's poison. (갑의 약은 을의 독)

Love accomplishes all things. (사랑은 만능이다) 60

4월 4일

안, 최 양 씨와 최해군 씨 넷이서 범어사 구경하고 돌아와 집에서 대음. 밤엔 해운대 여관에 가 자고.

4월 5일

안, 최 양 씨 고속버스로 귀경, 창식의 봉채 보내고. R이 수고를 많이 함.

4월 6일 요일 날씨

학교 강의.

※특기사항

61 Easier said than done. (말하기는 쉬우나 행하기는 어렵다)

4월 7일 요일 날씨

학교 강의. 高大民族文化硏究所에 보낼 내 著書의 解題를 쓰기 시작했다.

※특기사항

Penny wise, pound foolish. (손톱 곪는 것은 알고 염통 곪는 것을 모른다) 62

4월 6일

학교 강의.

4월 7일

학교 강의. 고대 민족문화연구소에 보낼 내 저서의 해제를 쓰기 시작했다.

4월 8일 요일 날씨

※특기사항

65 Policy sits above conscience. (정책은 양심을 초월한다)

4월 9일 요일 날씨

※특기사항

When at Rome, do as Rome does. (로마에 가서는 로마 사람처럼 행하라) 66

4월 8일

학교 강의.

고대에 보낼 원고 겨우 다 썼다.

내일엔 우송할 생각.

저서 20종 해제 51매

논문 3종 해제 6매

4월 9일

고대에 우송. 원고 쓰고.

4월 10일 요일 날씨

※특기사항

67 Time and tide wait for no man. (세월과 조수는 사람을 기다리지 아니한다)

4월 11일 요일 날씨

※특기사항

I think therefore I am. (나는 생각하므로 나는 존재한다) 68

4월 10일

이정숙 영녀 미희 양의 결혼식에 주례를 섰다. 제일예식장. 돌아오는 길에 R, 최 선생 사모님과 셋이서 연각 선생을 댁으로 위문했다.

4월 11일

일요일. 최 선생 댁 뒷산에 가서 술 마시고 놀았다. 벗꽃이 한창.

4월 12일 요일 날씨

※특기사항

69 Think today, and speak tomorrow. (오늘 생각하고 내일 말하라)

4월 13일 요일 날씨

※특기사항

Speech is silver, silence is golden. (웅변은 은이요, 침묵은 금이다) 70

4월 12일

『수대학보』에 줄 원고 「노한 황새」를 쓰고. 또 『영웅』의 원고 쓰고.

4월 13일

학교 강의. 집에 와 원고 쓰고.

4 월 14 일 요일 날씨

학교 강의.

※특기사항

71 Habit is a second nature. (습관은 제이의 천성이다)

4 월 15 일 요일 날씨

학교 강의. 낮엔 청탑에서 있은 유네스코 총회에 참석.

※특기사항

Poverty ever comes at the call. (가난은 부르면 언제나 온다) 72

4월 14일

학교 강의.

4월 15일

학교 강의. 낮엔 청탑에서 있은 유네스코 총회에 참석.

4 월 16 일 요일 날씨

원고 쓰고.

※특기사항

73 A bold attempt is half success. (대담한 기획은 반 성공이다)

4 월 17 일 요일 날씨

국제신보에 "가재와 소풍" 7매 보내고, 부일에 "영웅" 3일분 보내고.

※특기사항

We must first learn to kneel. (먼저 무릎 꿇는 것을 배워라) 74

4월 16일

원고 쓰고.

4월 17일

『국제신보』에 「가재와 소풍」 7매 보내고, 『부일』에 『영웅』 3일분 보내고.

4월 18일 요일 날씨

※특기사항

75 Grief divided is made lighter. (슬픔도 나누면 가볍다)

4월 19일 요일 날씨

※특기사항

He is no merchant who always gains. (언제나 이익만 보는 상인은 상인이 아니다) 76

4월 18일

일요일, 제일예식장에 가 이종식 씨 따님 결혼식에 참례. 밤엔 정정화 군의 시집 반포 관계 의논하느라, 추진순, 두메, 김동식과 술을 마심.

4월 19일

『국제신보』에 「소풍과 가재」 7매 쓰고.

4월 20일 요일 날씨

학교 강의.

※특기사항

77 The world belongs to the energetic. (세계는 활동가의 것이다)

4월 21일 요일 날씨

학교 강의.

※특기사항

The least said the soonest mended. (말이 적으면 화근이 적다) 78

4월 20일

학교 강의.

4월 21일

학교 강의.

4월 22일

홍은표 씨 회갑과 홍 씨의 자당 팔십 생신을 위한 글씨를 보냄.

洪門疊福　　홍 씨 문중에 복이 첩첩이 쌓이네

滿堂慶禧　　집안에 경사와 기쁨이 가득하네

祝洪銀杓先生 花甲兼慈堂八十生辰之壽宴 向破 李周洪

홍은표 선생의 화갑 겸 자당 팔십 생신 수연을 축하하며 향파 이주홍 씀.

4월 23일

은아의 생일. R이 한복 일습을 사주고, 내가 장난감을 사주었더니 그럴 수 없이 좋아해 춤을 추어도 기가 막히도록 예쁘게 춘다. 밤엔 최 선생 부처 초청해 저녁 먹고. 이발.

4월 24일 요일 날씨

종일 원고 쓰고,

※특기사항

81 A bad begining, a bad ending. (시작이 나쁘면 끝도 나쁘다)

4월 25일 요일 날씨

일요일, 원고 쓰고, 오후엔 최 선생과 금곡동으로 산책.

※특기사항

He that conquers himself conquers an enemy. (자기를 이기는 자가 적을 이긴다) 82

4월 24일

종일 원고 쓰고.

4월 25일

일요일, 원고 쓰고, 오후엔 최 선생과 금곡동으로 산책.

4월 26일 요일 날씨

원고 쓰고, 밤엔 남포동에 나간 걸음에 술을 대음.

※특기사항

83 A little knowledge is a dangerous thing. (적은 지식은 위험한 것이다)

4월 27일 요일 날씨

대통령 선거일, 종일 놀았다. 용기 군 내외가 집에 와서 놀다가 갔다.

※특기사항

Labor is no disgrace. (노동은 수치가 아니다) 84

4월 26일

원고 쓰고. 밤엔 남포동에 나간 걸음에 술을 대음.

4월 27일

대통령 선거일. 종일 놀았다. 용기 군 내외가 집에 와서 놀다가 갔다.

4월 28일

학교 강의.

4월 29일

학교 강의. 소설가 박순녀 씨가 어느 출판사의 부탁이라면서 야담집에 『요전수』를 넣지 않겠느냐. 그 전집의 선을 맡아주지 않겠느냐고 하기에 허락하는 편지를 내었다.

4월 30일

원고 쓰고. 이발. 목욕.

창식 결혼식에 참례하러 합천서 병칠 모, 홍이 모가 왔다. 밤엔 수로회 꽃꽂이회 파티에 참석.

5월 1일

창식과 정애의 결혼일. 하오 두 시 이윤근 씨의 주례로 식을 거행. 하객들 많았음. 집에서도 잔치가 있었고. 당일 신랑 신부는 제주도로 신혼여행을 떠났다.

5월 2일 요일 날씨

※특기사항

89 Frugality is an estate. — 영·속 (검약은 하나의 재산이다)

5월 3일 요일 날씨

※특기사항

Who goes slowly goes far. (천천히 가는 사람이 멀리 간다) 90

5월 2일

종일 놀다. 오후엔 최 선생 오라 해 술을 마셨다.

5월 3일

창식이 제주에서 돌아올 날이나 우천이라 비행기가 뜨지 못해 못 온다고 전화가 왔다. 결혼식 때 축의금 보내준 몇몇 분들에겐 일일이 편지를 써서 띄웠다. 수대 교정에 세울 진혼탑에 새길 시의 구상을 했다.

5 월 4, 일 요일 날씨

아침에 시를 끝냈다.

장한 넋들
교정을 메아리치는
종소리를 듣고 있는가
대서양에서
인도양에서
북양에서
남태평양에서
온 누리의 바다에서
파도와 싸우다 꽃으로 진
수대 남아의 영웅들이여
그대들의 고귀한 뜻
대대 후배의 가슴에 심겨진채
오늘도 우리는 여기
한 기둥 탑신이 되어
바다를 지켜보고 섰노니

※특기사항

91 Nothing is more vuigar than hast'e. (성급한 것같이 속된것은 없나)

월 일 요일 날씨

길이 편안하여라,
우리는 바다의 아들
그대들 용감한 뱃사나이는
영원히 우리들과
함께 있으리라.

1971. 5. 15

이주홍

학교장의.

※특기사항

A Promise is a debt. (약속은 빚이나) 92

5월 4일

아침에 시를 끝냈다.

장한 넋들

교정을 메아리치는

종소리를 듣고 있는가

대서양에서

인도양에서

북양에서

남태평양에서

온 누리의 바다에서

파도와 싸우다 꽃으로 진

수대 남아의 영웅들이여
그대들의 고귀한 뜻
대대 후배의 가슴에 심겨진 채
오늘도 우리는 여기
한 기둥 탑신이 되어
바다를 지켜보고 섰노니
길이 편안하여라
우리는 바다의 아들
그대들 용감한 뱃사나이는
영원히 우리들과
함께 있으리라.

1971. 5. 15.
이주홍

학교 강의.

5월 5일

학교 강의. 조선지에 쓴 비문을 학교에 가져다주었다.

5월 6일

『수대학보』에 「작은 빛의 문」 일 회분 쓰고. 학교 강의.

5월 7일 요일 날씨

김해 처가에 갔던 昌植의 夫妻가 돌아왔다. 원고 쓰고.

묵은 수첩을 뒤지기다가 보니까 이런 단시가 몇편 있었기에 여기다 옮겨 놓아 본다. 모두 1950年 작이다.

호박꽃

동비넝쿨에 덮인 밭언덕에
노오란 호박꽃이 피었다
호박꽃은 약하고 슬퍼
옛시절의 소식모르는 사람이
그립다.

※특기사항

97 Too much rest itself becomes a pain. (지나친 휴식은 고통이 된다)

월 일 요일 날씨

울타리

탱자나무 울타리
탱자 열매가 열었네
탱자나무 우에는
손길을 내민 외질레.
외질레는 고와
분꽃보다도 진한 빛
지금 막 잠자리 한마리가
까다로 돌고 있다.

※특기사항

Conscience is the chamber of justice (양심이 있는곳에 정의가 있다) 98

5월 7일

김해 처가에 갔던 창식의 부처가 돌아왔다. 원고 쓰고.

묵은 수첩을 뒤지기다가 보니까 이런 단시가 몇 편 있었기에 여기다 옮겨 놓아본다. 모두 1950년 작이다.

호박꽃

동비넝쿨에 덮인 밭언덕에
노오란 호박꽃이 피었다
호박꽃은 약하고 슬퍼
옛 시절의 소식 모르는 사람이

그립다.

울타리

탱자나무 울타리
탱자 열매가 열었네
탱자나무 우에는
손길을 내민 왜찔레.
왜찔레는 고와
분꽃보다도 진한 빛
지금 막 잠자리 한 마리가
카아브를 돌고 있다.

부두

바다빛 마카오 양복에다
푸른 안경을 끼고
가다[2]처럼 으쓱대어
외국 상선 옆을
가는 사나이
네 콧등에 수놓은
구두를 즐기건
내 인색잖게 용서하리라
젊기 때문에.

2) 카타(かた). '어깨'의 일본어.

월 일 요일 날씨

※특기사항

99 A short cut is a wrong cut. (지름길도 벌때가 있다)

월 일 요일 날씨

※특기사항

Ask and it shall be given you. (구하라 또한 주실것이다) 100

색시

개똥벌레 빛마냥
거리의 색시들
유난히 고울 때 있어라
산뜻산뜻
걸어가는 뒤태에
오늘은 그냥 막
추어주고 싶구나.

다리

영도 큰 다리에
비가 내린다
억수로 따루는 빗속에
모두들 말없이 간다
오늘은 걸뱅이도
라이타돌쟁이도 없이
우산 속에 소라처럼 오물아져
빗줄기 너머 항구는

스리가라스[3] 모양 보얗다.

5월 8일

쟁반에 쓰인 나의 한시가 다 닦여져 가고 있다.

日日對仙話　날마다 신선을 대하여 말하는 듯
浮雲是我心　뜬구름은 나의 마음이라네
一聲咏木裏　한결같은 소리로 숲속을 읊조리니
俗史若千昔　시속의 역사는 옛 천년과 같네

조모님의 제사가 있었다.
이발.

---

3) 스리가라스(すりガラス). '불투명 유리'의 일본어.

5 월 9 일 요일 날씨

※특기사항

103 Patience is bitter, but its fruit is sweet. (인내는 쓰나 결과는 달다)

5 월 10 일 요일 날씨

※특기사항

Great barkers are no biters. (짖는 개는 물지 않는다) 104

5월 9일

일본 히로시마에서 백준기 군이 왔다기에 만나러 시내에 내려갔다가 백노학, 백성학 등과 만나 점심을 먹고 헤어졌다. 박영준, 최해군, 이범선 등 여러 사람의 소설을 읽었다. 오늘은 창식 부처 얻어놓은 셋방에 이사.

5월 10일

『수대학보』에 실을 시를 짓고 『백경』의 표지를 그리고, 국제신보에 가서 '국제 어린이문학상' 원고 고선을 하고 돌아오는 길엔 술을 마셨다.

5월 11일 요일 날씨

※특기사항

105 Genius is only protracted patience. (천재는 끈기 있는 인내에 불과하다)

5월 12일 요일 날씨

※특기사항

Full vessels give the least sound. (가득찬 그릇은 소리를 안낸다) 106

5월 11일

수업이 있었으나 안질이 낫지 않아서 학교엔 갔어도 쉬었다. 돌아오는 길에 권상원 씨와 동래에 와서 점심을 같이했다.

5월 12일

『수대학보』에 실을 시를 완고.

고래의 향연

– 수대 개교 삼십 주년에 부쳐

차라리 두려움일라
그것은

눈부신 式場
물기에 젖은 구름도
소금에 절은 바람도
오늘은 가슴마다
꽃을 닮고 싶어하는
서른 돐의 喜悅의
感激
지구를 앓지 않던듯
울려오는
저 鐘樓의
鐘소리

언 손에 녹이는
바둑돌같이
散積로 엉기는
젊은 그래들이
輪舞

먼 닻은
아련한 수련잎
저 쪽인데

반짝한 것
우약한 것
한도에 삼키도 삼켜도
닳빛 줄 빛에 노르는
오직 한
바다의 論(理)이들.

초랑을 쉬나 涯咽하에서 양북꼭
혹 잠에 둘이라 웃으스고.

단풍빛으로 불타는
동녘을
미친 물결에의
으르렁댐인가

화사함이여
산호와 진주로 장식한

눈부신 식장
물기에 젖은 구름도
소금에 절은 바람도
오늘은 가슴마다

꽃을 달고 화하는
서른 돌의 축제

지구를 엎지른 듯
울려오는
저 철시의
축포 소리

썰물에 닦이는
바둑돌같이
예지로 영그는
젊은 고래들의
윤무

먼 뜻은
아련한 수평선
저쪽인데

방자한 것
우악한 것
파도에 삼켜도 삼켜도
덤빌 줄밖에 모르는
오만한
바다의 무법자들.

초량동 정산양복점에 가서 양복 맞추고 집에 돌아와 원고 쓰고.

5월 13일 요일 날씨

※특기사항

109 Familiarity breeds contempt. (친할수록 예의를 지켜라)

5월 14일 요일 날씨

※특기사항

Doing nothing is doing ill. (아무것도 안하는 것은 나쁜일을 하는것이다) 110

5월 13일

「여걸십삼매」 계속의 원고 쓰고. 점심때엔 로터리클럽 강연을 관광호텔에서 하고.

5월 14일

『어민과 기술』지에 실을 「십삼매」 총 51매 다 썼다, 이발.

5월 15일 요일 날씨

※특기사항

111 Seek, and ye shall find. (구하라, 그러면 얻을것이다)

5월 16일 요일 날씨

※특기사항

One loss brings another. (하나의 손실은 여러 손실을 초래한다) 112

5월 15일

수대 개교 삼십 주년 기념일, 백경탑의 제막도 동시에 있었다. 비문에 새긴 나의 진혼시는 한 여학생이 읽고, 은아, R, 새 며느리가 왔기에 학교 구경시키고 해운대에 가서 불고기 먹고 돌아왔다.

5월 16일

일요일, 해운대 미진호텔에서 있은 임갑수 씨 출판기념회에 참석.

하오 두 시에 부산역에 가서 동서문화사 고정일 씨를 만나 『중국문학선집』의 선자 됨을 허해 현금 10만 원을 받고. 연각 댁에 가서 잠시 놀다가 돌아왔다.

5월 17일 요일 날씨

※특기사항

81 A bad begining, a bad ending. (시작이 나쁘면 끝도 나쁘다)

5월 18일 요일 날씨

※특기사항

He that conquers himself conquers an enemy. (자기를 이기는 자가 적을 이긴다) 82

5월 17일

이원수 회갑논문집에 실을 원고를 쓰기 시작「오늘에 사는 고전」.

5월 18일

원수 형 회갑집 원고 20매 써서 우송, 오후 3시 국제신보에 가 국제 어린이문학상 시상식에 심사보고하고, 밤엔 당선교 동래국민학교 교장 김규태 등과 같이 술을 마시고, 그전엔 마릴린 먼로의 〈돌아오지 않는 강〉을 동명극장에서 보고.

5월 19일 요일 날씨

종일 누웠다가 원고 쓰고.

※특기사항

115 God loves a cheerful giver. (하느님은 기쁨으로 주는 자를 사랑한다)

5월 20일 요일 날씨

학교에 시험이 있어 나갔으나 눈이 아파 도로 돌아오고.

※특기사항

Religion lies more in walk than in talk. (종교는 이야기가 아니고 실행이다) 115

5월 19일

종일 누웠다가 원고 쓰고.

5월 20일

학교에 시험이 있어 나갔으나 눈이 아파 도로 돌아오고.

5 월 21 일 요일 날씨

※특기사항

85 Never sound the trumpet of your own praise. (자화자찬하지 말자)

5 월 22 일 요일 날씨

※특기사항

All cruelty springs from weakness. (잔인성은 약한데에서 생긴다) 86

5월 21일

원고 쓰고. 『청산학보』의 컷 써서 집에 온 안영호 씨에게 전했다.

5월 22일

김해에서 사돈이 와 점심을 같이했다. 밤엔 청탑에 가서 눌원문화상 심사하고.

5월 23일 요일 날씨

아침에 금강원 산보, 일요일, 종일 놀고. 처음으로 찍은 천연색 사진 필름을 찾았는데, 성적이 좋았다.

※특기사항

119 Kindness is virtue itself. (친절은 바로 미덕이다)

5월 24일 요일 날씨

잠시 학교에 나갔다가 김장욱 안과에 가 눈 치료를 받았다.

※특기사항

Where there is a will, there is a way. (뜻 만 세우면 안 되는 일이 없다) 120

5월 23일

아침에 금강원 산보. 일요일, 종일 놀고. 처음으로 찍은 천연색 사진 필름을 찾았는데 성적이 좋았다.

5월 24일

잠시 학교에 나갔다가 김장욱안과에 가 눈 치료를 받았다.

5월 25 일 요일 날씨

맞춰놓은 保眼 眼鏡을 찾으러 市內에 내려가서 眼科에 들러 안경검사를 하고 돌아와 원고를 썼다.

※특기사항

89 Frugality is an estate. – 영·속 (검약은 하나의 재산이다)

5월 26 일 요일 날씨

원고 쓰고.

※특기사항

Who goes slowly goes far. (천천히 가는 사람이 멀리 간다) 90

5월 25일

맞춰놓은 보안 안경을 찾으러 시내에 내려가서 안과에 들러 안경 검사를 하고 돌아와 원고를 썼다.

5월 26일

원고 쓰고.

5월 27일 요일 날씨

학교에 잠깐 나갔다가 돌아와서 목욕을 했다.

※특기사항

123 All roads lead to Rome. (같은 일을 달성하는 데도 방책은 여러가지다)

5월 28일 요일 날씨

이발, 종일 원고 쓰고.

※특기사항

New things always appear fine. (새 것은 다 훌륭하게 보인다) 124

5월 27일

학교에 잠깐 나갔다가 돌아와서 목욕을 했다.

5월 28일

이발. 종일 원고 쓰고.

5월 29일

원고 쓰고.

5월 30일

일요일. 종일 글 쓰고.

밤에 장미 두 포기가 왔다. 하나는 300원에서 산 것, 하나는 최 선생 댁 사모님이 준 것.

5월 31일 요일 날씨

※특기사항

129 Learn not, and know not. (배우지 않으면 알지 못한다)

6월 1일 요일 날씨

※특기사항

Forgiveness is the divinest of victories. (용서함은 승리 중에서 가장 고귀한 것이니라) 130

5월 31일

학교에서 백경예술제가 있었다. 〈탈선춘향전〉 꽤 잘했다. R, 은아, 며느리도 같이 가서 보고 왔다.

6월 1일

학교 강의. 연극 〈탈선춘향전〉 대학연극제 출품. 부산대에서 초일 상연.

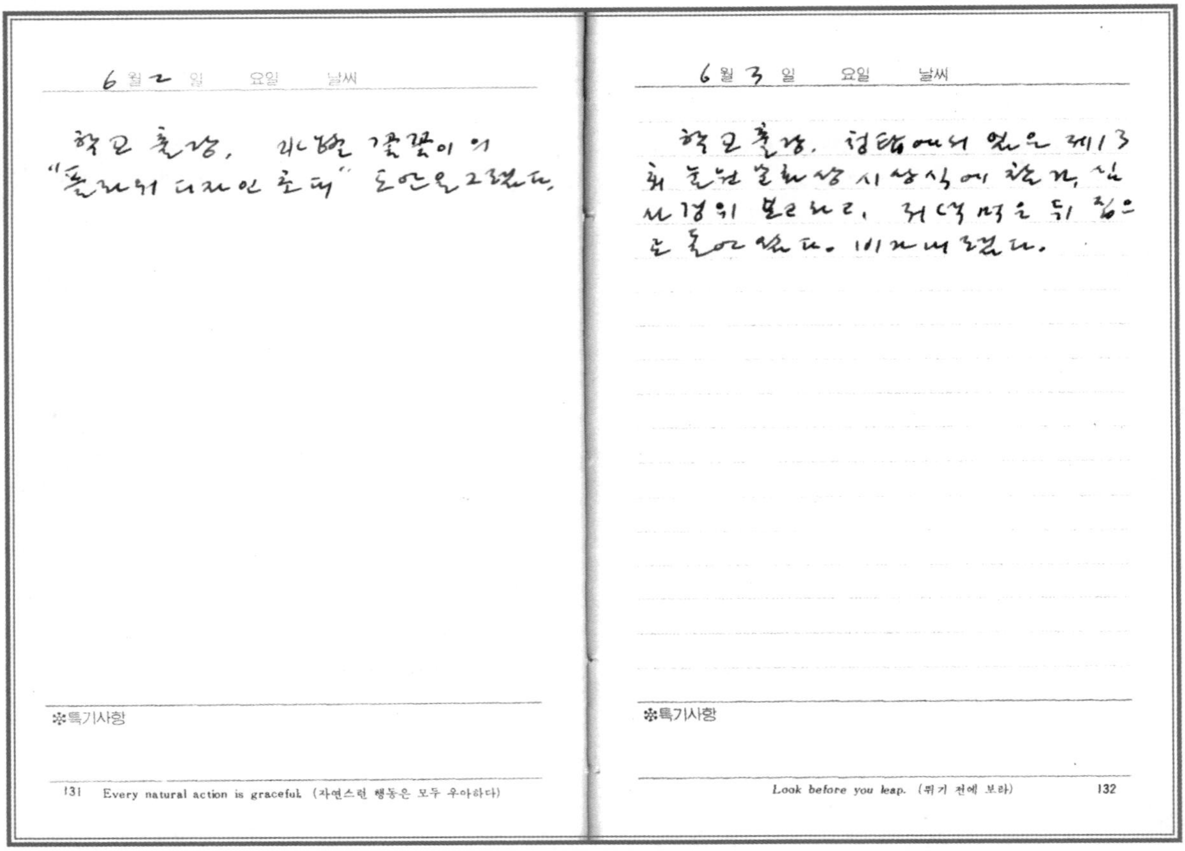
6월 2일 요일 날씨

학교 출강, 수로꽃꽃이의 "플라워 디자인 초대" 도안을 그렸다.

※특기사항

131 Every natural action is graceful. (자연스런 행동은 모두 우아하다)

6월 3일 요일 날씨

학교 출강. 청탑에서 있은 제13회 눌원문화상 시상식에 참가, 심사경위 보고하고, 저녁 먹은 뒤 집으로 돌아왔다. 비가 내렸다.

※특기사항

Look before you leap. (뛰기 전에 보라) 132

6월 2일

학교 출강. 수로꽃꽃이의 '플라워 디자인 초대' 도안을 그렸다.

6월 3일

학교 출강. 청탑에서 있은 제13회 눌원문화상 시상식에 참가. 심사경위 보고하고, 저녁 먹은 뒤 집으로 돌아왔다. 비가 내렸다.

6월 4일 요일 날씨

이발, 종일 원고 쓰고.

※특기사항

133 He that chooses takes the worst. (모서 고르다가 삼베 고른다)

6월 5일 요일 날씨

태양다방에서 고 정정화 군 유시기념회가 있었다.

※특기사항

Little by little, one goes far. (느릿 느릿 걸어도 황소 걸음) 134

6월 4일

이발, 종일 원고 쓰고.

6월 5일

태양다방에서 고 정정화 군 유시기념회가 있었다.

6월 6일

일요일. 최위경, 이용기, 이준승, 권상원 등과 일행이 되어 산성에 가서 술 마시고 놀다가 왔다.

6월 7일

종일 했다. 낮엔 구달수가 왔기에 맥주를 마시고, 아침엔 『국제춘추』에 줄 「동물부근」 5매를 썼다.

6 월 8 일 요일 날씨

학교 강의.

※특기사항

137 Moderation should be used in joking. (농담도 적당히)

6 월 9 일 요일 날씨

학교 강의.

※특기사항

Creat haste makes great waste. (빨리 먹는 밥이 목이 멘다) 138

6월 8일

학교 강의.

6월 9일

학교 강의.

6월 10일 요일 날씨

학교 강의. 이발. 밤엔 연극부 학생들 위로해주는데 같이 술을 마시고 돌아왔다.

※특기사항

139 Another man's burden is always light. (남의 짐은 항상 커 보인다)

6월 11일 요일 날씨

몸이 고단해 종일 흥떵흥떵했다. "국제춘추"에 줄 원고, "情報汚染" 5매를 쓰고,

※특기사항

Lavishness is not generosity. (낭비는 관대가 아니다) 140

6월 10일

학교 강의. 이발. 밤엔 연극부 학생들 위로해주는데 같이 술을 마시고 돌아왔다.

6월 11일

몸이 고단해 종일 흥떵흥떵했다. 『국제춘추』에 줄 원고 「정보오염」 5매를 쓰고.

6 월 12 일 요일 날씨

※특기사항

141 Honesty is the best policy. (정직은 가장 좋은 방책이다)

6 월 13 일 요일 날씨

※특기사항

Book and friend should be few and good. (책과 친구는 적고 좋은 것 이라야 한다) 142

6월 12일

『국제춘추』 또 한 회분 「준마기담」 한 편 쓰고, 오래간만에 최해군 씨가 왔기에 술을 마시고.

6월 13일

일요일. 공원묘지에 우하, 최 선생과 셋이서 가 이소호 모당 장례식을 보고 범어사에 가서 술을 마시고 왔다. 야반에 집에 도둑이 들어서 순경을 불러오곤 했다.

6월 14일

한형석이 초대하는 점심을 중국집 회영루에서 하고 올라왔다.

6월 15일

음력으로 나의 생일. R이 정성을 써서 나를 위해 음식을 만들어주었다. 병칠 내외도 오고, 최 선생 내외분도 와서 같이 놀았다. 학교 강의.

6월 16일 요일 날씨

학교강의, 병중에 계시던 남천동 무길의 춘부장이 별세했다는 기별을 받고 R은 갔다. 인생의 슬픔을 또 한번 절감. 원고 쓰고.

※특기사항

145 He who steal an egg will steal an ox. (바늘 도둑이 소 도둑 된다)

6월 17일 요일 날씨

학교강의, 이발. R은 은아와 함께 오늘도 남천 상가에 갔다가 왔다.

※특기사항

Temperance is the best physic. (절제는 가장 좋은 약이다) 146

6월 16일

학교 강의. 병중에 계시던 남천동 무길의 춘부장이 별세했다는 기별을 받고 R은 갔다. 인생의 슬픔을 또 한 번 절감. 원고 쓰고.

6월 17일

학교 강의. 이발. R은 은아와 함께 오늘도 남천 상가에 갔다가 왔다.

6월 18일 요일 날씨

원고 쓰고.

※특기사항

147 Heaven helps those who help them selves. (하늘은 스스로 돕는 자를 돕는다)

6월 19일 요일 날씨

원고 쓰고.

※특기사항

A drowning man will catch at a straw. (물에 빠진 자는 지프라기라도 잡는다) 148

6월 18일

원고 쓰고.

6월 19일

원고 쓰고.

6 월 20 일 요일 날씨

※특기사항

149 Good and quickly seldom. (좋고 빨리 오는 것은 결코 없다)

6 월 21 일 요일 날씨

※특기사항

Truth is lost by too much controversy. (논쟁이 지나치면 진리를 잃는다) 150

6월 20일

일요일. 이재호 씨에 『사기』 돌려주고 두메와 셋이서 동래에 내려가 술을 마셨다.

6월 21일

고단해서 그냥 놀고.

6월 22일

학교 강의.

6월 23일

학교 강의. 『영웅』 최종회(771)까지 원고 썼다. 2년 6개월 동안 그래도 한 회도 거르지 않았음이 대견했음을 스스로 느낀다.

6월 24일 요일 날씨

※특기사항

153 A good example is the best sermon. (좋은 시범은 가장 좋은 설교다)

6월 25일 요일 날씨

※특기사항

Don't delay, the golden moments fly! (미루지 말라. 귀중한 순간이 달아 난다) 154

6월 24일

하오 다섯 시 미국공보원에 가서 부산여대[4] 주최 꽃꽂이 교양강좌에 강연 〈꽃과 인생〉을 해주고 나오는 길엔 그곳 손팔주 씨 등과 같이 술을 마셨다.

6월 25일

종일 놀고, 『국제춘추』 1회분 쓰다가 두고, 저녁땐 해군 씨가 왔기로 술을 조금 마시고.

---

4) 원문의 '釜大女大'는 '부산여대'의 오기로 추정.

6월 26일 요일 날씨

※특기사항

155 Fear always springs from ignorance. (두려움은 항상 무지로부터 생긴다)

6월 27일 요일 날씨

※특기사항

Integrity gains strength by use. ―라틴·격 (성실은 행동으로 더 굳세어 진다) 156

6월 26일

『국제춘추』, 「한방치료」 마치고 밤엔 교육회관에 내려가 정진채, 신송민 씨 『꽃동네』 출판기념회에서 축사를 해주고 왔다. 비가 많이 내리는 가운데서.

6월 27일

「『영웅』의 뒤에 붙여」 9매를 쓰고. 최계락 시비 건립을 위한 비문을 지었다.

시인 최계락은 1930년 9월 3일 경남 진양에서 나 진주중학시절 동시 「꽃씨」로 출발한 이래 향토색 짙은 작품들로 문단에서 왕성히 활약하는 한편 국제신보사 편집부국장으로 재직 중 1970년 7월 4일 향년 40세로 별세하니 생존 중 『꽃씨』, 『철둑길의 들꽃』의 두 시집을 낸 외에 부산시 문화상과 소천아동문학상을 받은 바 있고 유족으로 미망인 구정희 여사와 아들 형림, 여식 정림, 숙림, 순림, 혜림, 옥림이 있다.

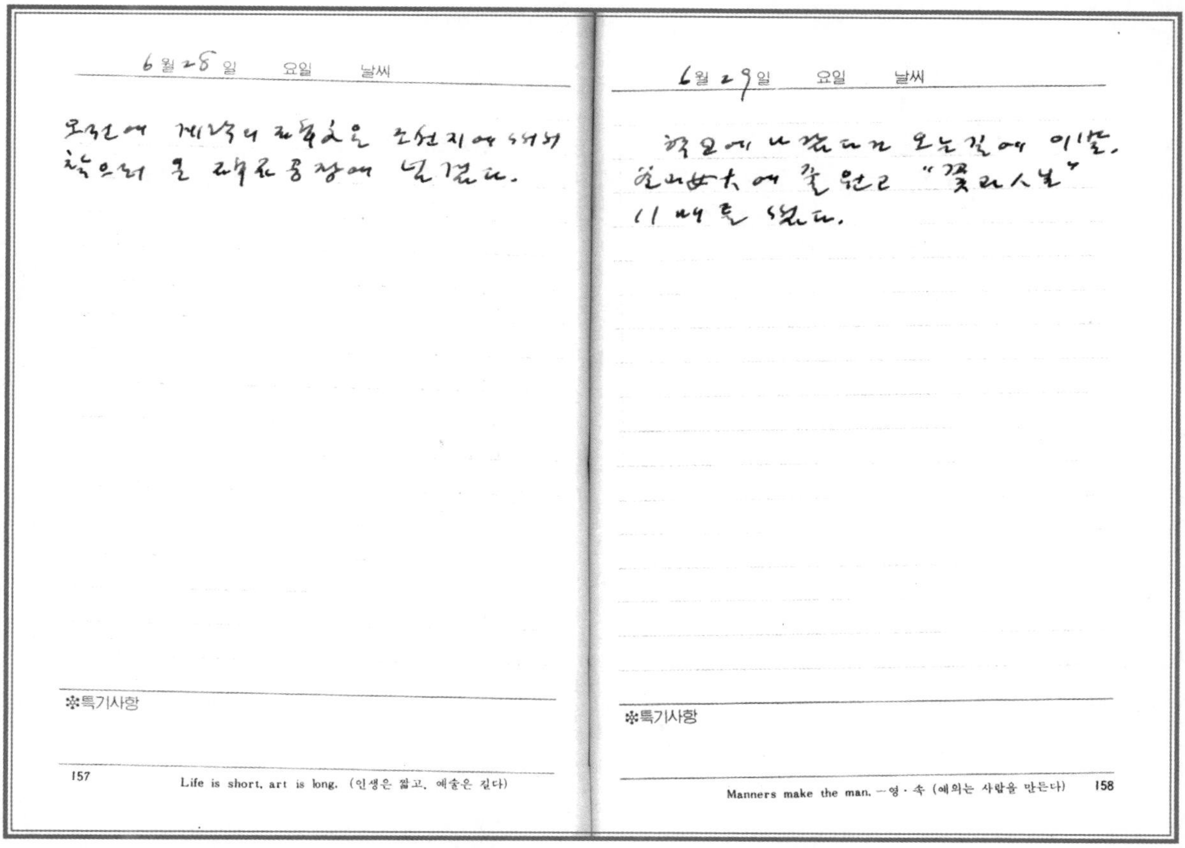
6월 28일 요일 날씨

오전에 계락의 碑文을 조선지에 써서 찾으러 온 碑石공장에 넘겼다.

※특기사항

157 Life is short, art is long. (인생은 짧고, 예술은 길다)

6월 29일 요일 날씨

학교에 나갔다가 오는길에 이발, 釜山女大에 줄 원고 "꽃과 인생" 11매를 썼다.

※특기사항

Manners make the man. ―영·속 (예의는 사람을 만든다) 158

6월 28일

오전에 계락의 비문을 조선지에 써서 찾으러 온 비석 공장에 넘겼다.

6월 29일

학교에 나갔다가 오는 길에 이발, 부산여대에 줄 원고 「꽃과 인생」 11매를 썼다.

6월 30 일 요일 날씨

※특기사항

161 Every man has his weak side. (사람마다 약점이 있다)

7월 1 일 요일 날씨

※특기사항

Forbidden fruit is sweet. (금단의 과실은 달콤하다) 162

6월 30일

『수대학보』에 줄 연재「작은 빛의 문」1회분 쓰고. 오래간만에 이원수 형으로부터 편지가 왔다. 12일에 황순원 씨와 함께 해인사에 가겠다고, 같이 있자면서.

7월 1일

7월 2일에 행할 '최종강의' 원고를 만들었다. 최 선생과 금강원 산책.

7월 2일

11시 학교 강당에서 '최종강의'를 한 시간 반 동안 했다. 학생들 만원. 교수들도 전부 출석해있었다. 밤엔 양 학장, 최 교무과장, 박 서무과장. 권상원 선생과 늦도록 술 마시고.

7월 3일

금강공원에서 최계락 시비 제막식이 있었다. 많은 사람들이 왔었다. 황산과 조순 씨가 우리 집에 와서 맥주를 마시며 놀다가 나중엔 우하 댁에 가서 놀다가 왔다.

7월 4일

일요일, 우하 양주[5]분과 함께 연각 댁에 가서 먼저 와 있는 용기 군과 같이 놀다가 왔다. 연각의 얼굴은 매우 좋은 것같이 보였다.

7월 5일

『어민과 기술』에 줄 「여협십삼매」[6] 50매를 쓰고.

---

5) 부부. 바깥주인과 안주인이라는 뜻.

6) 다른 일기에서는 "女傑十三妹"로 기록.

7월 6일 요일 날씨

❈특기사항

167 Money often makes the man. (때로는 돈이 사람을 만든다)

7월 7일 요일 날씨

❈특기사항

A work begun is half done. (시작이 반이다) 168

7월 6일

학교 기말시험, 이발, 영화 〈도라! 도라! 도라!〉[7] 보고. 나중에 R과 은아와 만나 저녁을 먹고 왔다.

7월 7일

오전 10시 반 고속버스로 상경, 밤에 이원수, 안춘근 두 분 만나 술을 마시며 오래간만에 즐겼다.

---

7) 원문은 "도라 도라" 이지만 원제 표기를 반영.

7월 8일 요일 날씨

※특기사항

169 Our valour are our best gods. (용기는 최선의 신이다)

7월 9일 요일 날씨

※특기사항

He knows most who speaks least. (가장 적게 말하는 자가 가장 많이 안다) 170

7월 8일

안, 이 씨와 점심 같이하고, 2시 고속버스로 귀가. 밤엔 최 선생 오게 해 술을 마셨다.

7월 9일

학교에 나갔다가 오는 길에 전찬일, 이준승 씨와 점심을 같이하고.

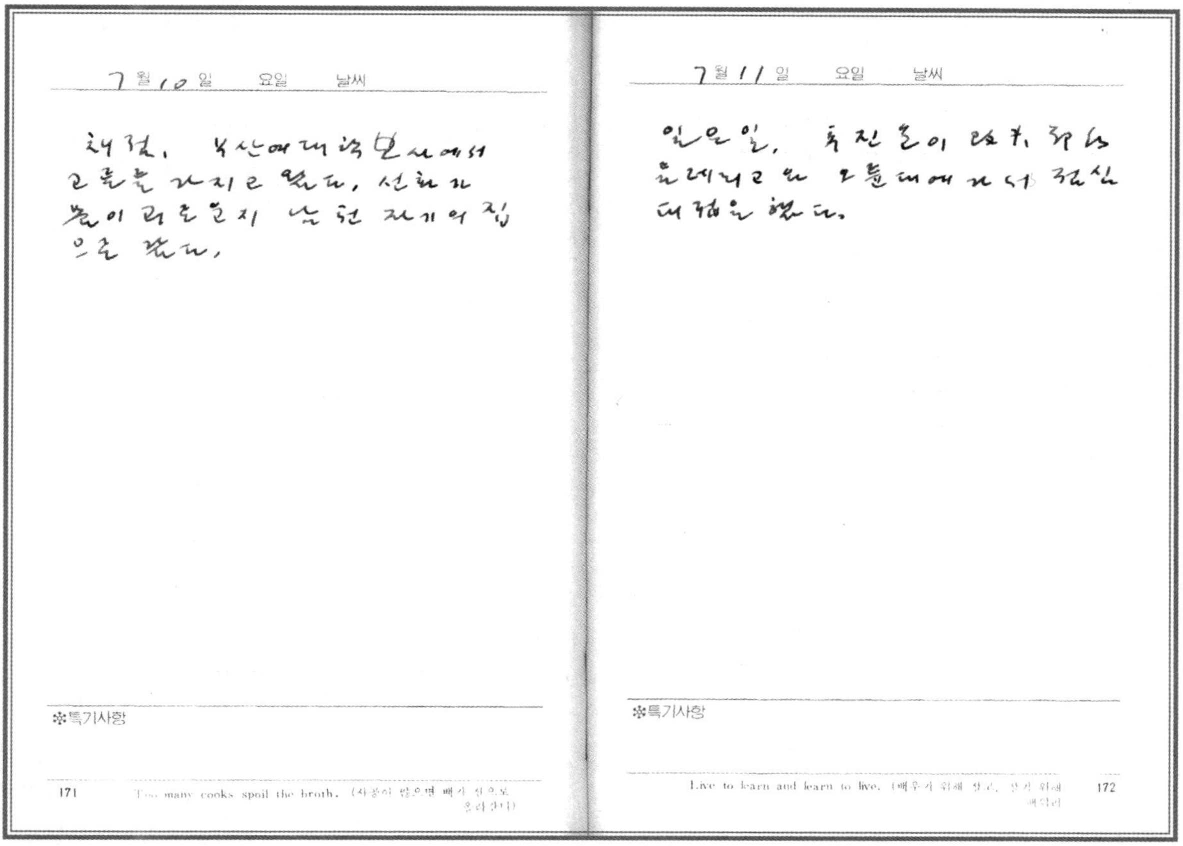
7월 10일 요일 날씨

채점, 부산여대 학보사에서
고료를 가지고 왔다. 선화가
몸이 괴로운지 남천 자기의 집
으로 갔다.

※특기사항

171 Too many cooks spoil the broth. (사공이 많으면 배가 산으로 올라간다)

7월 11일 요일 날씨

일요일, 추진순이 개부(改夫) 정 씨를
데리고 와 오륜대에 가서 점심
대접을 했다.

※특기사항

Live to learn and learn to live. (배우기 위해 살고, 살기 위해 배워라) 172

7월 10일

채점, 부산여대 학보사에서 고료를 가지고 왔다. 선화가 몸이 괴로운지 남천 자기의 집으로 갔다.

7월 11일

일요일, 추진순이 개부(改夫) 정 씨를 데리고 와 오륜대에 가서 점심 대접을 했다.

7월 12일 요일 날씨

※특기사항

173 Every mother's child is handsome. (고슴도치도 제 새끼는 곱다)

7월 13일 요일 날씨

※특기사항

What man has done, man can do. (사람이 한일은 사람이 할수 있다) 174

7월 12일

학교에 나가 채점표 완료해주고 왔다.

7월 13일

이발, 신문소설 안 쓰게 되니까 그렇게 편할 수가 없다. 시간이 남아돈다.

3 월14 일 요일 날씨

종일 놀고,

※특기사항

175 Health ie better than wealth. (건강은 재산보다 낫다)

3 월15 일 요일 날씨

학교에 나가 월급 받아 오고. 저녁엔 식구들이 갈비집에 가서 저녁 식사를 하고,

※특기사항

Judge not a book by its cover. (표지로서 책을 판단치 말라) 176

7월 14일[8)]

종일 놀고.

7월 15일[9)]

학교에 나가 월급 받아 오고. 저녁엔 식구들이 갈빗집에 가서 저녁 식사를 하고.

---

8) 원문의 3월 14일은 7월 14일의 오기.

9) 원문의 3월 15일은 7월 15일의 오기.

7월 16일

한독직업학교 교가 짓기 시작. 밤엔 황하주 동화집 출판기념회에 참석 '청탑'.

7월 17일

상오 11시 고려예식장에서 심부숙 양의 결혼식 주례를 서고. 수대 교수들과 해운대에 가서 술을 마셨다.

7월 18일 요일 날씨

두메와 놀다가 雨河 宅에 가서 점심 대접받고. 오는길에 같이 이발。

※특기사항

179 Integrity gains strength by use. ([illegible])

7월 19일 요일 날씨

한독직업학교 교가를 짓기 시작. 추고에 추고를 가했으나 未完,

※특기사항

Great talkers are little dores. ([illegible]) 180

7월 18일

두메와 놀다가 우하 댁에 가서 점심 대접받고. 오는 길에 같이 이발.

7월 19일

한독직업학교 교가를 짓기 시작. 추고에 추고를 가했으나 미완.

교가 추고.

부산한독직업학교 교가.

扶桑을　바라보며　우뚝 솟은곳,
지혜로　활짝열린　탐구의 전당
번영하는　조국의　심장이로저
스스로　바퀴되어　도는 동맥들

　　　자립의 기쁨으로　부푸는 동산
　　　영광의 그이름이여　한독직업교

대노는 커나나는 내일에 꿈
닥닥이는 희망치로 달리는 정열
복지건과 성신의 뱅데에 타매
오늘도 닦처간다 기능 전사들.

교가 결정, 그러나 교고部 채거구
이 아무래도 마족 스럽지 못했다.
민충병원 에거서 녹촌 치 른 박로
梅梅가 내는 점심 솥은 장─솥 꼴
에서 촬상원씨와 같이 먹었다.

❋특기사항　　　　　　　　　❋특기사항

7월 20일

교가 추고.

　부산 한독직업학교 교가.

부상을　　바라보며　　우뚝 솟은 곳
지혜로　　활짝 열린　　탐구의 전당
번영하는　조국의　　　심장이고저
스스로　　바퀴 되어　　도는 동맥들

　　　자립의　기쁨으로　　부푸는 동산
　　　영광의　그 이름이여　한독직업교

뛰노는　저 바다는　내일에의 꿈
뚝딱이는　쇠망치로　달래는 정열
부지런과　성심의　맹세에 타며
오늘도　달궈간다　기능전사들.

7월 21일

교가 결정, 그러나 제이 절 제이 행이 아무래도 만족스럽지 못했다.

민중병원에 가서 무좀 치료받고, 우하가 내는 점심 술을 제일식당에서 권상원 씨와 같이 먹었다.

비가 크게 내린다. 무좀치료를 하러
군중병원에 내려갔다가. 海雲台
에 가서 雨河가 내는 불고기 점심을
하고 돌아오는 길에 雨河가 주는
"챠보" 이름의 日本 토종 玩賞鷄
의 병아리 한마리를 얻어왔다.

"어민과기술"에 줄 다음번
원고를 쓰고, 梁 학장과 같이
한독직업학교에 가 校旗
를 건네주었다. 田校長, 以下
敎師들은 모두 大滿足. 밤엔
田校長이 내는 술을 초량 "新世界"
에서 마시고 왔다.

※특기사항

183 Brevity is the soul of wit. (말은 간설함이 생명이다)

Equivocation is first cousin to lie. - 영 · 속 (모호한 말은 거짓말의 사촌이다) 184

7월 22일

비가 크게 내린다. 무좀 치료를 하러 민중병원에 내려갔다가, 해운대에 가서 우하가 내는 불고기 점심을 하고 돌아오는 길에 우하가 주는 "챠보"[10] 이름의 일본 토종 완상계(玩賞鷄)의 병아리 한 마리를 얻어왔다.

7월 23일

『어민과 기술』에 줄 다음번 원고를 쓰고, 양 학장과 같이 한독직업학교에 가 교가를 건네주었다. 전 교장 이하 교사들 모두 대만족, 밤엔 전 교장이 내는 술을 초량 '신세계'에서 마시고 왔다.

10) 챠보(チャボ). 한국어로는 '당닭'.

7월 24일 요일 날씨

놀고, 이발.

※특기사항

185 Cold is proved with fire, frend ship is need. (금은 불로 시험되고 우정은 곤궁에서 시험된니)

7월 25일 요일 날씨

詩畵額을 만들 그림 四五枚를 그리고 큰 額 "金井山"을 그렸다. 밤엔 市內에 내려가 梁秉植 씨와 술을 마셨다.

※특기사항

Iduman knowledge is the parent of doubt. (인간의 지식은 의심의 어버이이다) 186

7월 24일

놀고, 이발.

7월 25일

시화액을 만들 그림 네댓 매를 그리고 큰 액 〈금정산〉을 그렸다.
밤엔 시내에 내려가 양병식 씨와 술을 마셨다.

7월 26일

고속버스로 대구행. 거기서 직행버스로 해인사행. 홍도여관에 가니 아직 서울선 사람이 와 있지 않은데. 조금 뒤에야 왔는데. 황순원 씨 외에 뜻밖에 박홍근 씨도 동행이 되어 왔고, 경희대 교수 서정범 씨도 동행. 이원수 씨는 좀 늦게가 아니라 깜깜한 밤에 도착했다. 이 여관에는 또 뜻밖에 황산 내외분도 와 있었다.

7월 27일

절 구경. 신부락에 내려가 술도 마시고, 계곡에 가서 목욕도 했다. 황순원 씨는 초면인데, 사람이 매우 점잖았다. 진정으로 믿음직한 분이었다.

7월 28일 요일 날씨

※특기사항

189 Keep not two tongues in one mouth. (일구 이언하지말자)

7월 29일 요일 날씨

※특기사항

Cheap bargains are dear. (싼것이 비지떡) 190

7월 28일

10시 20분 직행버스는 해인사를 떠나 대구에서 점심 먹고. 부산으로 오자 했으나 모두 한사코 사양해 서울로 돌아가고 말았다. 간밤에 꿈이 불길했다. 은아가 인형을 가지고 있는데, 보니까 그 인형의 목에 전면으로 빨건 창이 나 있었다. 그래서 은아의 신상에 무슨 불행은 없나 걱정하며 왔던 건데. 은아가 '챠보'(우하한테서 얻은 병아리)와 장난치며 놀다가 그날 잘못해 발로 밟아 죽이고 말았다. 슬픔을 불금. 은아도 놀라움과 가련함에 겨워 자꾸만 우는 것을 겨우 달래어 같이 시체를 들고 나가 풀밭에 묻어주었다. 그것이 꿈 때문인가?

7월 29일

시화 그림 한 장 그리고. 황순원, 박홍근 씨 등에 편지 띄우고 『주간한국』에 줄 '미니 수필' 4매 쓰고.

밤에 이층 노대의 걸상에 같이 앉아 놀면서 은아는 재미있는 말을 했다.

"아빠! 저 달을 놓으면 땅에 퉁 떨어지겠지? 그러면 달이 툭 깨어지겠지?"

달이 하늘에 걸려있는 것은 누가 하늘에서 거머잡고 있는 걸로 아는 모양이다.

7월 30일

은아 데리고 국제신보에 가서 고료 받아 점심 사 먹고 동명극장에 가서 영화 보고 올라왔다. 『주간한국』에 원고 우송.

7월 31일

이발. 더워서 요즘은 가만히 앉아서 그냥 노는 수밖에 없다.

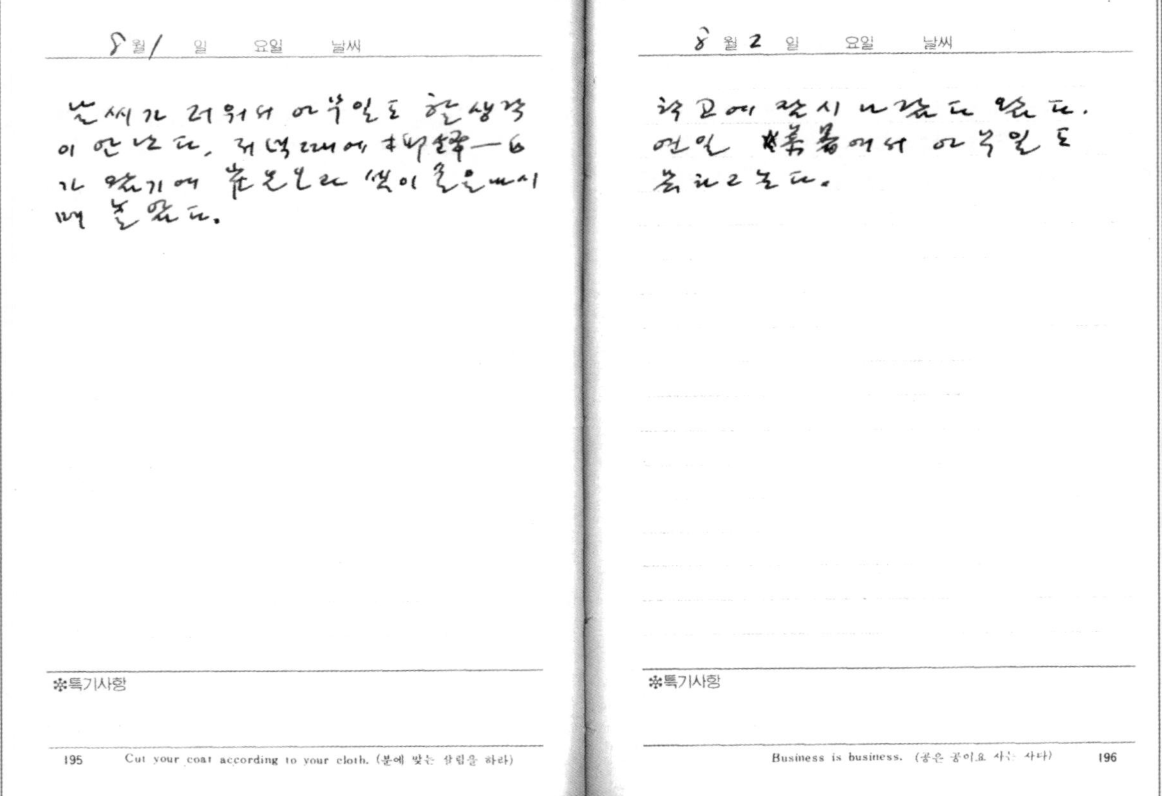

8월 1일 요일 날씨

날씨가 더워서 아무일도 할생각이 안난다. 저녁때에 柳卓一가 왔기에 崔先生과 셋이 술을 마시며 놀았다.

※특기사항

195 Cut your coat according to your cloth. (분에 맞는 살림을 하라)

8월 2일 요일 날씨

학교에 잠시 나갔다 왔다. 연일 暴暑여서 아무일도 못하고 논다.

※특기사항

Business is business. (공은 공이요 사는 사다) 196

8월 1일

날씨가 더워서 아무 일도 할 생각이 안 난다. 저녁때에 류탁일 씨가 왔기에 최 선생과 셋이 술을 마시며 놀았다.

8월 2일

학교에 잠시 나갔다 왔다. 연일 폭서여서 아무 일도 못 하고 논다.

8월 3일 요일 날씨

※특기사항

197 Love and poverty are hard to hide. (사랑과 가난은 감추기 어렵다)

8월 4일 요일 날씨

※특기사항

Time is Money. (시간은 돈이다) 198

8월 3일

서울서 이경선 씨가 왔기에 김종우 씨와 셋이서 밤까지 술을 마시고 놀았다.

8월 4일

이경선 씨와 해운대 암소 갈빗집에 가서 점심을 먹고 바다를 구경하다가 왔다.

8월 5일

호우, 폭풍주의보. 이경선 씨 우중에 기차로 상경.

8월 6일

요즘은 매일 멍하니 논다. 이발.

8월 7일

R과 은아, 나, 셋이서 해운대 암소 갈빗집에 가 갈비를 사 먹고 왔다.

8월 8일

일요일, 밤엔 최 선생 내외분이 와 같이 술을 마시며 놀았다. 원수 형으로부터 부탁한 시화 글씨도 오고. 은아는 남천동에 가서 따로 떨어져 자기에 얼마나 엄마를 찾아 우는가 하고 걱정이 되었다.

8월 9일 요일 날씨

R은 해수욕 갔다. 은아와 돌아왔는데 들으니 은아가 그렇게 우끼 타고서 헤엄을 잘 치더라는 것이다. 돈이 말라 있던 차에 "어민과 기술"에서 원고료를 타 잘 쓸 수 있었다.

※특기사항

203 There is no smoke without fire. (아니 땐 굴뚝에 연기나랴)

8월 10일 요일 날씨

은아 데리고 시장에 가서 바지를 사 입혔다.

※특기사항

A bad thing is dear at any price. (나쁜 물건은 헐값이라도 비싸다) 204

8월 9일

R은 해수욕 갔다. 은아와 돌아왔는데 들으니 은아가 그렇게 우끼[11] 타고서 헤엄을 잘 치더라는 것이다. 돈이 말라 있던 차에 『어민과 기술』에서 원고료를 타 잘 쓸 수 있었다.

8월 10일

은아 데리고 시장에 가서 바지를 사 입혔다.

---

11) '튜브'의 경상도 방언.

8월 11일 요일 날씨

※특기사항

205 Union makes power. (단결은 힘이다)

8월 12일 요일 날씨

※특기사항

The eye is the mirror of the soul. (눈은 마음의 거울이다) 206

8월 11일

안영호 씨가 『청산학보』에 쓸 원고를 청하러 왔다가 같이 가기를 청하기에 금호장에 가서 청산학원 강사 일행들과 술을 같이했다.

8월 12일

이원수 형에게 보낼 시화를 그렸다. 저녁땐 조두남 씨가 왔기에 교가 작곡 관계 14일 만나기로 약속했다. 이발.

8월 13일

동양TV에 가서 '8 · 15 특집' 방송녹화를 하고, 청남 집에 가 시화액 두 개 맡기고. 동명극장에 가 〈졸업〉을 보았다. 감명적인 영화.

8월 14일

마산에서 온 조두남 씨와 교가 작곡 관계로 한독직업학교에 가서 시찰. 집에 와서 이원수 형에게 보낼 시화를 새로 그리고. 학교에 가서 월급 찾고. '이것이 마지막 월급이 된다.'

8월 15일 요일 날씨

26주년의 8.15! 옥중에 있었던 일을 생각하면 감개무량하다. R. 은아. 할머니와 함께 범어사에 가서 닭을 사 먹으며 놀다가 왔다.

※특기사항

209 Man is a reed that thinks. (사람은 생각하는 갈대이다)

8월 16일 요일 날씨

은아를 데리고 청산학원에 가서 원고 "조각사의 기도"를 전하고 왔다. 밤엔 피아노사 주부룡 씨가 맥주 한 상자를 가지고 왔기에 같이 술을 마시며 놀았다.

※특기사항

Patience conquers the world. (인내는 세계라도 정복한다) 210

8월 15일

26주년의 8 · 15! 옥중에 있었던 일을 생각하면 감개무량하다. R, 은아, 할머니와 함께 범어사에 가서 닭을 사 먹으며 놀다가 왔다.

8월 16일

은아를 데리고 청산학원에 가서 원고「조각사의 기도」를 전하고 왔다. 밤엔 피아노사 주부룡 씨가 맥주 한 상자를 가지고 왔기에 같이 술을 마시며 놀았다.

8 월 17 일 요일 날씨

저녁때에 雨荷 양주분과 해운대 암소갈비집에 가 저녁 대접을 하고 왔다.

※특기사항

211 Public opinion is a second conscience. (여론은 제2의 양심이다)

8 월 18 일 요일 날씨

학교엘 한번 다녀왔다.

※특기사항

When you are in doubt abstain. (의심날때는 삼가라) 212

8월 17일

저녁때에 우하 양주분과 해운대 암소 갈빗집에 가 저녁 대접을 하고 왔다.

8월 18일

학교엘 한 번 다녀왔다.

8월 19일 요일 날씨

※특기사항

213 Time is the best counselor. (시간은 가장 좋은 충고자이다)

8월 20일 요일 날씨

※특기사항

Poverty is stranger to industry. (부지런한데 가난은 없다) 214

8월 19일

우중에 최 선생과 시내에 내려가서 고미술 전람회 구경을 하고 왔다. 탐나는 그림, 글씨, 자기 들이 많았다. 이발.

8월 20일

'가족 찾기'를 위한 남북적십자사가 판문점에서 대면을 하는 역사적인 날이다. 종일 하는 일 없었고.

8월 21일

은아 데리고 동보극장에 가서 만화영화 〈번개 아톰〉을 보여주었다.

8월 22일

일요일. 마산에 가서 조두남 씨, 김재도 군과 하루를 놀다가 왔다. 특히 제자 김재도 소령의 융숭한 대접을 받았다.

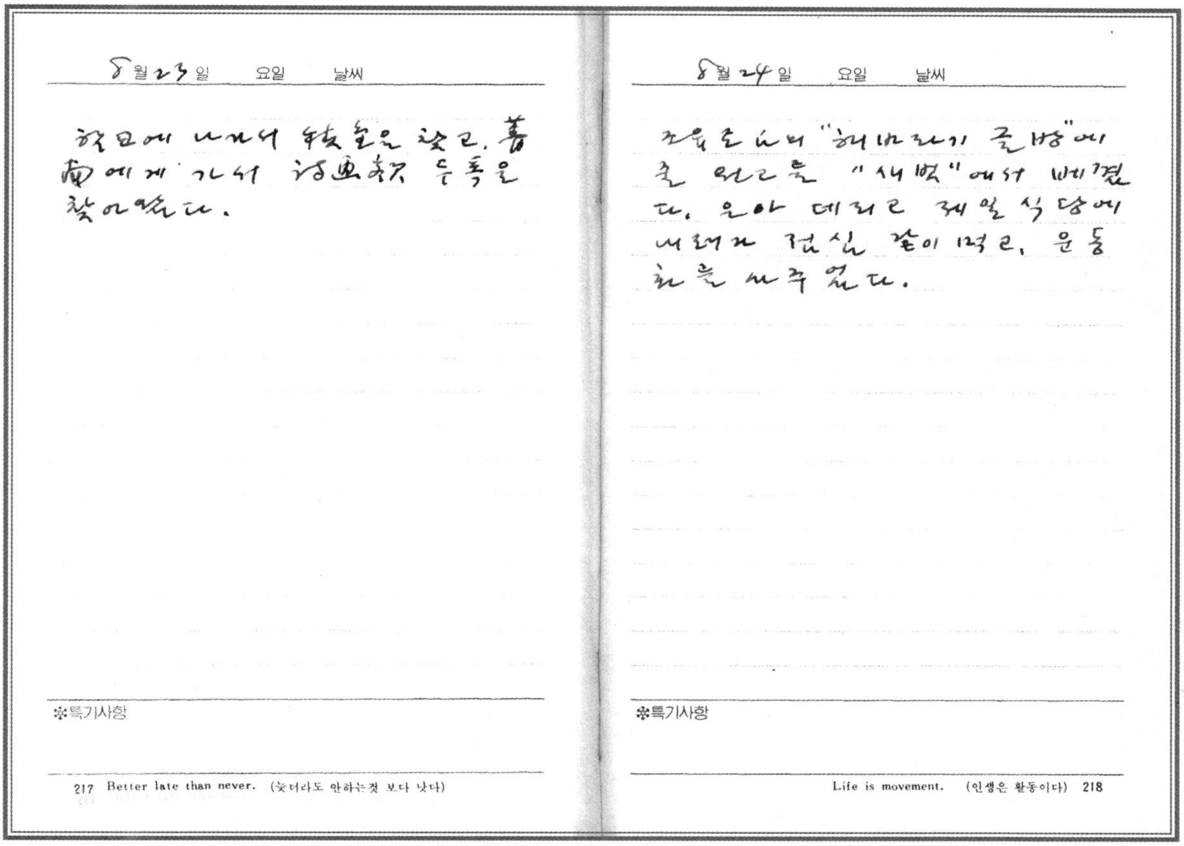
8월 23일 요일 날씨

학교에 나가서 積金을 찾고, 靑南에게 가서 詩畵額 두폭을 찾아왔다.

※특기사항

217 Better late than never. (늦더라도 안하는것 보다 낫다)

8월 24일 요일 날씨

조유로 씨의 "해바라기 글방"에 줄 원고를 "새벗"에서 베꼈다. 은아 데리고 제일식당에 내려가 점심 같이 먹고, 운동화를 사주었다.

※특기사항

Life is movement. (인생은 활동이다) 218

8월 23일

학교에 나가서 적금을 찾고, 청남에게 가서 시화액 두 폭을 찾아왔다.

8월 24일

조유로 씨의『해바라기 글방』에 줄 원고를『새벗』에서 베꼈다. 은아 데리고 제일식당에 내려가 점심 같이 먹고, 운동화를 사주었다.

8월 25일

마산에서 교가 작곡을 해온 조두남 씨와 한독학교엘 갔으나 교장이 부재로 못 만나고 양학장과 셋이서 점심을 해운대에 가 먹었다.

8월 26일

조두남 씨와 같이 한독직업학교에 가서 교가 작곡을 전달했다. 좋은 곡이었다.

8월 27일 요일 날씨

아무 한 일 없고, 이발.
저녁때엔 은아와 같이 금강원에
서 놀다가 왔다.

※특기사항

221 Lost time never found. (인생 일거 무소식)

8월 28일 요일 날씨

어깨에 담이 걸려 종일 하는
일이 없었다.

※특기사항

Credit is capital. (신용은 자본이다) 222

8월 27일

아무 한 일 없고, 이발. 저녁때엔 은아와 같이 금강원에서 놀다가 왔다.

8월 28일

어깨에 담이 걸려 종일 하는 일이 없었다.

8월 29일 요일 날씨

※특기사항

225 Duty before pleasure. (의무는 쾌락에 앞선다)

8월 30일 요일 날씨

※특기사항

Quality is better then quantity. (양보다 질) 226

8월 29일

은아 데리고 최 선생 댁에 가서 놀다가 밤엔 배천환 씨가 초대해서 술을 마시고 돌아왔다.

8월 30일

학교에 나가 내일 퇴임식에 쓸 약력 초안을 갖다주고 왔다. 집에서 최 선생 내외분과 술.

8월 31일

학교 강당에서 퇴임식이 있었다. 수대 재직 22년, 감개무량. 밤엔 연회가 있어서 대취. 밤엔 두서너 교수와 함께 해운대에 가서 잤다.

9월 1일

학교에 잠시 들리고.

9월 2일 요일 날씨

학교에 들르고, 밤엔 南浦동에서 술. 낮엔 은아 데리고 동명극장에서 영화 구경.

※특기사항

229 Easily gained, easily spent. (얻기 쉬우면 잃기 쉽다)

9월 3일 요일 날씨

집에서 그냥 놀고, 이발.

※특기사항

Ill got, ill gone. (불의의 재물은 오래가지 못한다) 230

9월 2일

학교에 들르고. 밤엔 남포동에서 술. 낮엔 은아 데리고 동명극장에서 영화 구경.

9월 3일

집에서 그냥 놀고. 이발.

9월 4일 요일 날씨

※특기사항

231 Civility costs nothing, and buys everything. (공손은 한푼도 들이지 않고 무엇이든지 산다)

9월 5일 요일 날씨

※특기사항

Modesty is the beauty of women. (겸손은 여자의 미덕이다) 232

9월 4일

소우. 이용기 이학박사 학위 수상 기념 파티가 송도 유엔 관광호텔에서 있어, R과 은아와 같이 참석하고 왔다.

9월 5일

일요일, 연각 댁에 가서 문병하고 오는 길에 배갈을 사 집에서 우하 부처 초대.

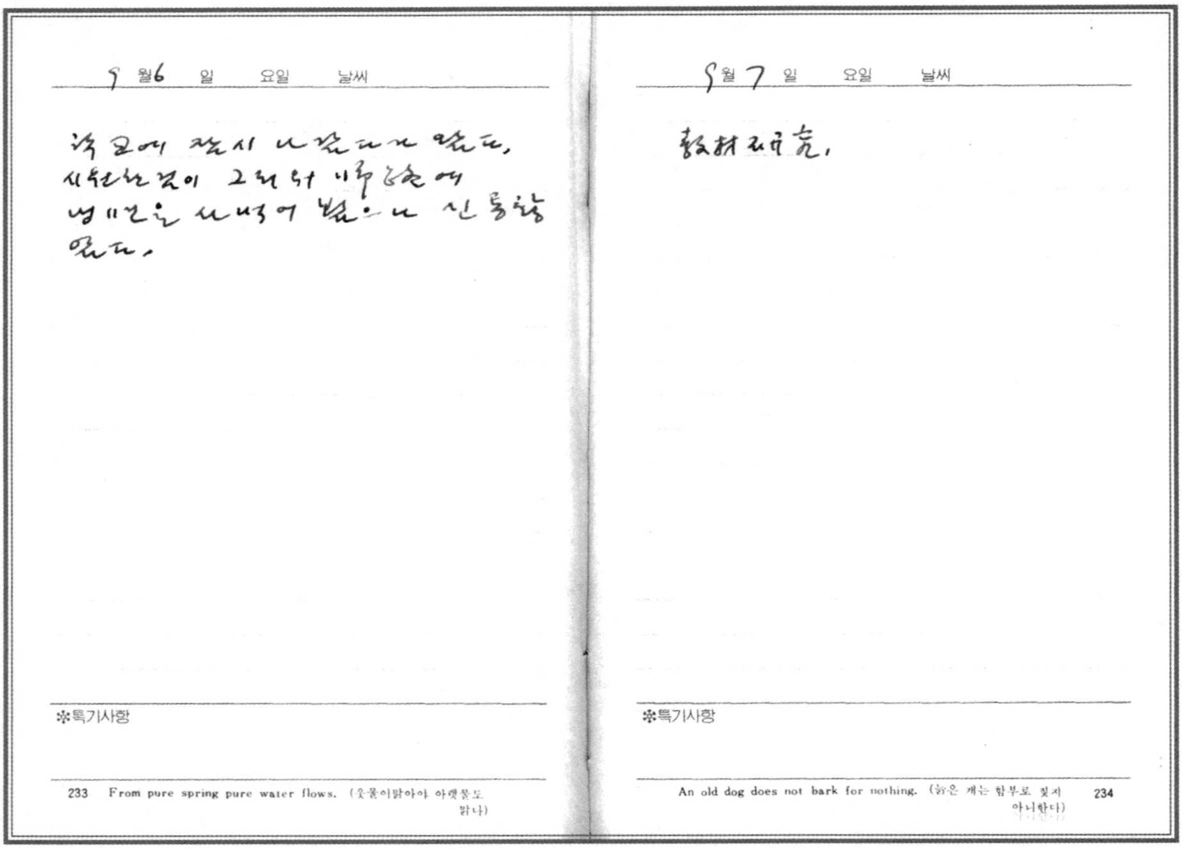
9월 6일 요일 날씨

학교에 잠시 나갔다가 왔다. 시원한것이 그리워 歸路에 냉면을 사먹어 봤으나 신통찮았다.

※특기사항

233 From pure spring pure water flows. (웃물이맑아야 아랫물도 맑다)

9월 7일 요일 날씨

敎材硏究.

※특기사항

An old dog does not bark for nothing. (늙은 개는 함부로 짖지 아니한다) 234

9월 6일

학교에 잠시 나갔다가 왔다. 시원한 것이 그리워 귀로에 냉면을 사 먹어 봤으나 신통찮았다.

9월 7일

교재 연구.

9월 8일 요일 날씨

학교에 나가 추가 시험 치고, 정년퇴임은 했으나 학교엔 그대로 나가기로 했다.

※특기사항

235 Keep not two tongues in one mouth. (일구 이언하지말자)

9월 9일 요일 날씨

추진순이 왔기에 R과 셋이서 (은아 동반) 공원묘지에 가 빈터가 있는가 알아보고 다음날 다시 안내원을 만나기로 했다. 창작집 출간할 준비를 해봤다.

※특기사항

Doing nothing is doing ill. (아무것도 안하는 것은 나쁜일을 하는것이다) 236

9월 8일

학교에 나가 추가 시험 치고, 정년퇴임은 했으나 학교엔 그대로 나가기로 했다.

9월 9일

추진순이 왔기에 R과 셋이서 (은아 동반) 공원묘지에 가 빈터가 있는가 알아보고 다음날 다시 안내원을 만나기로 했다. 창작집 출간할 준비를 해봤다.

9월 10일 요일 날씨

교재 연구.

※특기사항

237 All the great ages have been ages of belief. (위대한 시대는 신념의 시대이다)

9월 11일 요일 날씨

※특기사항

A man becomes learned by asking questions. (질문함으로써 지식은 넓어진다) 238

9월 10일

교재 연구.

9월 11일

진순, R과 함께 공원묘지에 가서 우선 정화의 땅만 예약하고 나의 것은 월요일에 돈을 건네도록 약속했다. 밤에는 우하 댁에 내려가서 술 마시고.

9월 12일 요일 날씨

일요일, 최해군 씨와 植物園에 산보.

※특기사항

239 Too much rest itself becomes a pain. (지나친 휴식은 고통이 된다)

9월 13일 요일 날씨

R과 같이 '公園墓地'에 가서 二墓 買入한 수속을 끝냈다. 교재 연구.

※특기사항

A short cut is a wrong cut. (지름길도 벌때가 있다) 240

9월 12일

일요일, 최해군 씨와 식물원에 산보.

9월 13일

R과 같이 공원묘지에 가서 두 묘 매입한 수속을 끝냈다. 교재 연구.

9월 14일 요일 날씨

※특기사항

241 Labor is no disgrace. (노동은 수치가 아니다)

9월 15일 요일 날씨

※특기사항

Never sound the trumpet of your own praise. (자화자찬하지 말자) 242

9월 14일

학교에 나가 퇴임 후로선 첫날 강의. 진순이 집에 왔기에 정화의 이장 관계 의논을 했다.

9월 15일

학교 강의. 집에서 창작집 간행 준비. 잡지에서 작품 떼어보았다.

9월 16일 요일 날씨

※특기사항

243 Ask and it shall be given you. (구하라 또한 주실것이니라)

9월 17일 요일 날씨

※특기사항

Caution is the parent of safety. (조심은 안전의 어머니) 244

9월 16일

학교 강의. 밤엔 정병화 씨 전화를 걸어 왜 추진순이 관계하는 정화 묘를 쓰려 하느냐 하는 항의를 했다. 참으로 인간이 돼먹지 못한 것들의 염치없는 체면닦이다. 조카, 연철, 을미는 진순에게 맡겨두고 있으면서.

9월 17일

창작집 간행 의논차 아침 고속버스로 상경. 안춘근 씨에게 상의했더니 곧 을유문화사에서 맡아주겠다고 허락했다. 둘이서 안날 퇴원했다는 최인욱 씨 댁에 가 위문. 밤엔 안춘근, 서수옥, 이원수, 박홍근, 이경선 씨와 술을 했다.

9월18일 요일 날씨

※특기사항

245 All cruelty springs from weakness. (잔인성은 약함에서 생긴다)

9월19일 요일 날씨

※특기사항

It is never too late to learn. (배우는데 늦다는 일은 결코 없다) 246

9월 18일

을유에서 여비 꿔가지고, 이원수, 박홍근 양 형의 그레이하운드까지의 전송을 받으며 2시 반 버스로 귀부. 싸움 싸움 해가며 R이 주동이 되어서 정화의 묘를 무사히 썼다고 한다. 두메, 최해군, 김동주 씨 등 참석리에.

9월 19일

일요일. 이재호 씨에게 을유에서 부탁한『금오신화』번역을 전했다. 문화반점에서 점심. 집에서 또 최 선생과 술.

9월 20일 요일 날씨

아침에 진순이 왔기에 R, 은아, 두메와 함께 공원묘지의 정화 묘를 찾았다. 비석이 참하게 잘 되어 있었다.

※특기사항

247 Make haste slowly. (천천히 서둘러서 하라)

9월 21일 요일 날씨

학교 강의, 비가 오다.

※특기사항

Patience is bitter, but its fruit is sweet. (인내는 쓰나 결과는 달다) 248

9월 20일

아침에 진순이 왔기에 R, 은아, 두메와 함께 공원묘지의 정화 묘를 찾았다. 비석이 참하게 잘되어 있었다.

9월 21일

학교 강의, 비가 오다.

9월 22일 요일 날씨

※특기사항

249 Every hill has its valley. (산 있으면 골 있다)

9월 23일 요일 날씨

※특기사항

Frugality is an estate. — 영·속 (절약은 하나의 재산이다) 250

9월 22일

학교 강의. 조흥은행에 가서 총무처에서 보내온 연금을 찾아 그중에서 10만 원은 서울 을유문화사에 보냈다. 치질이 악화. 약을 사 왔다.

9월 23일

학교 강의. 집에 돌아오니 할머니, 선화가 와 있었다. 이발. 치가 낫지 않아 오래간만에 목욕탕엘 갔다.

251 Great barkers are no biters. (짖는 개는 물지 않는다)

Genius is only protracted patience. (천재는 끈기 있는 인내에 불과하다) 252

9월 24일

『채근담』 번역 준비.

9월 25일

한일은행에 연금 300만 원 예금. 저녁땐 최해갑 군이 나의 정년퇴임을 기념한다면서 스텐 식기 한 벌을 해가지고 왔다. 내 자식은 세 놈이 다 앞으로 어떻게 지내실 거냐고 묻는 놈도 없는데 그래도 나를 잊지 않는 제자들은 이렇게 있어 세상이 덜 서럽다. 강남주, 설영 등은 술대접이라도 하겠다 했고, 어제는 김재실 군이 위로의 술을 사겠다고도 했는데 창균이 같은 놈은 육 개월 간이나 나를 찾아보지도 않고 창식이 같은 놈은 가까운 옆에 있으면서도 들리는 법이 없는데….

해갑 군과 최해군 씨 댁에 가서 술을 마셨다.

9월 26일 요일 날씨

※특기사항

253 Who goes slowly goes far. (천천히 가는 사람이 멀리 간다)

9월 27일 요일 날씨

※특기사항

Nothing is more vuigar than hast'e. (성급한 것같이 속된것은 없다) 254

9월 26일

김재도 군을 위한 시화 〈해같이 달같이만〉을 그리고. 은아 데리고, 할머니와 R과 금강원 산책.

9월 27일

서재의 잡지 정리. R이 무슨 일로인지 외출했다가 병원에 누워있다는 전화에 놀라 가 보았다. 필시 양장점 동업 관계자가 차금을 떼어먹고 달아나는 것을 싸우다가 부상한 듯. 심하지는 않아서 다행이었다. 밤에 늦게 돌아옴. MBC TV 방송국 심의위원회에 나갈 것이었으나 마음이 불안해서 그만둬 버렸다. R은 귀가 너무 야려서 탈이다. 동업으로 장사를 한다 할 때 극력 반대해도 기어이 듣지 않더니만 결국 이런 꼴을 당하고 만다.

9월 28일 요일 날씨

학교 강의.

※특기사항

257 Too much humility is pride. (겸손이 지나치면 오만이 된다)

9월 29일 요일 날씨

학교 강의.

※특기사항

Riches have wings. (재물에는 날개가 있다) 258

9월 28일

학교 강의.

9월 29일

학교 강의.

9월 30일

학교 강의. 김혜성 씨 만나 해운대 갈빗집에서 술. 밤에는 김재실 군이 초청해서 술.

10월 1일

동양TV와 문화방송에서 추석 프로 녹화.

10월 2일

낮에는 김호준 씨와 점심, 그전에 은아를 데리고 국화꽃을 사 들고 금정산 응가의 무덤을 찾았다. 은아는 예쁘게 절을 했다. 감개무량. 전에는 별로 그런 일이 없었는데 이번 추석 전날에는 여러 군데서 선물이 들어왔다.

김재실 군의 상품권을 비롯해서.

정병칠

전상수

독서신문사

서울 동서문화사

청산학원

상훈이 등.

10월 3일

추석. 제사. 창식이 합천 성묘 가기를 꺼리므로 화가 나서 혼자 시내로 가 영화 구경을 하고 병칠 내외가 와있다기에 돌아와 같이 술을 마셨다.

자식 놈들은 전부 내게 거슬린다. 무슨 까닭인지 답답할 뿐이다.

10월 4일 요일 날씨

※특기사항

263 The caution seldom errs. (신중은 좀처럼 과오를 낳지 않는다)

10월 5일 요일 날씨

※특기사항

Full vessels give the least sound. (가득찬 그릇은 소리를 안낸다) 264

10월 4일

수대 김동기 씨 부친 발인제에 참석. 이승근, 이기영 두 분과 우리 집에 와 술을 마시고 서면으로 내려가 다시 술을 마시고 돌아왔다.

10월 5일

학생들이 추석 철이라고 안 나와서 수업 불능.

10월 6 일 요일 날씨

※특기사항

265 Cheap bargains are dear. (싼것이 비지떡)

10월 7 일 요일 날씨

※특기사항

He knows most who speaks least. (가장 적게 말하는 자가 가장 많이 안다) 266

10월 6일

이른 아침 고속버스로 R과 은아 셋이서 합천행. 산소에 가서 성묘하고 병칠 집에서 잤다.

10월 7일

아침 버스로 귀부. 잠시 학교엘 들렀다가 왔다.

10월 8일 요일 날씨

※특기사항

267 Conscience is the chamber of justice (양심이 있는곳에 정의가 있다)

10월 9일 요일 날씨

※특기사항

Seek, and ye shall find. (구하라, 그러면 얻을것이다) 268

10월 8일

이발. 을유문화사에 『홍루몽』 인지 2,500매 우송. 밤엔 최해군 씨 내외분과 집에서 놀고.

10월 9일

국제신보와 부산여류문화회 주최의 영남여성백일장에 심사위원으로 출석, 위원 요산, 향파, 허만하, 김규태.

10월 10일 요일 날씨

※특기사항

269 Our valour are our best gods. (용기는 최선의 신이다)

10월 11일 요일 날씨

※특기사항

Every man has his weak side. (사람마다 약점이 있다) 270

10월 10일

일요일, 김재도에게 줄 시화폭을 가지고 마산에 가서 재도 군, 조두남 씨와 술을 마시며 놀다가 밤에 돌아왔다.

10월 11일

종일 놀고, 집에 찾아온 국제신보 기자에게 여류문화회 백일장 심사평 주고.

10월 12일 요일 날씨

※특기사항

271 One loss brings another. (하나의 손실은 여러 손실을 초래한다)

10월 13일 요일 날씨

※특기사항

Shadow owes its birth to light. (그늘은 빛의 소산이다) 272

10월 12일

학교 강의. 미국 공보관에서 있은 백일장 시상식에 심사평 해주고.

10월 13일

학교 강의. 추윤대 씨 개인전 구경하고. 이태리 화점에 신 맞추고. 은아가 감기에 걸려있어 걱정.

10월 14일 요일 날씨

학교 강의.

※특기사항

273 What man has done, man can do. (사람이 한일은 사람이 할수 있나)

10월 15일 요일 날씨

술 마신 뒷날이어서 종일 누워서 놀았다. 점심땐 우하에게 가서 점심을 같이하고.

※특기사항

Health ie better than wealth. (건강은 재산보다 낫다) 274

10월 14일

학교 강의.

10월 15일

술 마신 뒷날이어서 종일 누워서 놀았다. 점심땐 우하에게 가서 점심을 같이하고.

10월 16일 요일 날씨

남성국민학교의 교우지 "초록별"의 표지 그리고.

※특기사항

275 A rolling stone gathers no moss. (구르는 돌에는 이끼가 끼지 않는다)

10월 17일 요일 날씨

일요일, 별로 하는일 없었고,

※특기사항

God loves a cheerful giver. (하느님은 기쁨으로 주는 자를 사랑한다) 276

10월 16일

남성국민학교의 교우지 『초록별』의 표지 그리고.

10월 17일

일요일. 별로 하는 일 없었고.

10월 18일 요일 날씨

"샘터"에 줄 원고를 쓰기 시작. 남성국민교에서 찾아온 김상련 교사에게 "초록별" 표지를 건네주었다.

※특기사항

277 A good presence is a letter of recommendation. (좋은 풍채는 일종의 추천장이다)

10월 19일 요일 날씨

학교강의.

※특기사항

Too many cooks spoil the broth. (사공이 많으면 배가 산으로 올라간다) 278

10월 18일

『샘터』에 줄 원고를 쓰기 시작. 남성국민학교에서 찾아온 김상련 교사에게 『초록별』 표지를 건네주었다.

10월 19일

학교 강의.

10월 20일 요일 날씨

학교강의. 국제, 부일에 해학소설 전집 선전 부탁.

※특기사항

279 Religion lies more in walk than in talk. (종교는 이야기가 아니고 실행이다)

10월 21일 요일 날씨

학교강의. "샘터"에 원고 발송.

※특기사항

Get a good name and go to sleep. (좋은 이름을 얻고 눈을 감으라) 280

10월 20일

학교 강의. 국제, 부일에 『해학소설전집』 선전 부탁.

10월 21일

학교 강의. 『샘터』에 원고 발송.

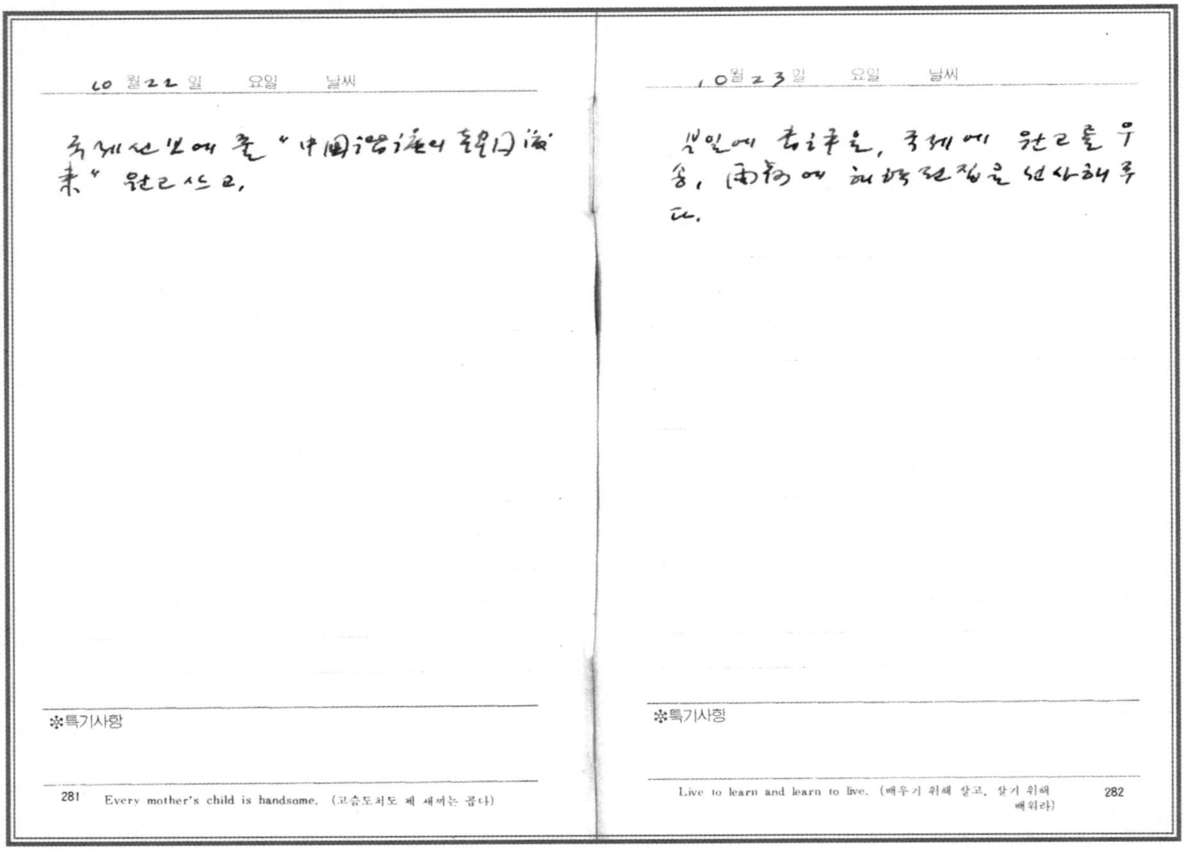

10 월 22 일 요일 날씨

국제신보에 줄 "中國海學의 韓國渡來" 원고 쓰고,

※특기사항

281 Every mother's child is handsome. (고슴도치도 제 새끼는 곱다)

10 월 23 일 요일 날씨

부일에 書評을, 국제에 원고를 우송, 雨荷에 해학전집을 선사해 주다.

※특기사항

Live to learn and learn to live. (배우기 위해 살고, 살기 위해 배워라) 282

10월 22일

『국제신보』에 줄 「중국 해학의 한국 도래」 원고 쓰고.

10월 23일

『부일』에 서평을, 『국제』에 원고를 우송. 우하에 『해학전집』을 선사해 주다.

10월 24일 요일 날씨

※특기사항

283 Ill comes upon war's back. —영·속 (악은 전쟁의 등에 업혀온다)

10월 25일 요일 날씨

※특기사항

Kindness is virtue itself. (친절은 바로 미덕이다) 284

10월 24일

일요일. 가족이 내원사 단풍 구경을 갈 예정이다가 돌연히 남천동 운동회 가기가 되어서 나는 혼자 집을 보고 있다가 밤엔 최 선생 부처, 우하 선생 부처가 와서 집에서 술 마시며 놀았다.

10월 25일

아침 고속버스로 대구 경유 버스 안에서 선 채로 해인사행. 신광상회 권 씨를 만나 같이 술 마시고 올라가 홍도여관에서 잠.

10월 26일 요일 날씨

※특기사항

285 Man thinks who lives differently, differently (생활을 달리하는 자는 사상을 달리한다)

10월 27일 요일 날씨

※특기사항

Empty vessels make the greatest sound. (빈 통이 소리를 더낸다) 286

10월 26일

그새 단풍은 한물 졌다. 소설을 한 편 쓸 생각으로 갔던 것이나 또 권 씨와 술을 마시며 노는 등. 소설은 구상이 되어 주질 않았다. 기후가 차서 못마땅하다.

10월 27일

부산으로 돌아왔다. 오니 R은 구달수, 문 서방 두 분과 도배를 하고 있었다.

10월 28일 요일 날씨

학교에 가서 중간시험 치고, 저녁나절엔 미국 공보관에 가서 황하주 씨 受賞 축하를 하고 돌아왔다.

※특기사항

289 Judge not a book by its cover. (표지로서 책을 판단치 말라)

10월 29일 요일 날씨

이발. 은아 데리고 金剛園 산책. "샘터"사에 사진을 보냈다.

※특기사항

Equivocation is first cousin to lie. —영·속 (모호한 말은 거짓말의 사촌이다) 290

10월 28일

학교에 가서 중간시험 치고, 저녁나절엔 미국 공보관에 가서 황하주 씨 수상 축하를 하고 돌아왔다.

10월 29일

이발. 은아 데리고 금강원 산책. 샘터사에 사진을 보냈다.

10월 30일 요일 날씨

※특기사항

291 A bad thing is dear at any price. (나쁜 물건은 헐값이라도 비싸다)

10월 30일 요일 날씨

馬山 金在道 君이 와서 점심을 샀다, 그대로 발전해서 밤까지 大飮,

※특기사항

Order is power. (질서는 힘이다) 292

10월 30일

마산 김재도 군이 와서 점심을 샀다. 그대로 발전해서 밤까지 대음.

10 월 31 일 요일 날씨

일요일. 병칠 내외가 왔기에 최 선생 댁에 가서 단풍 구경하고 집에 돌아와 술을 마셨다.

※특기사항

293 Cold is proved with fire, frend ship is need. (금은 불로 시험되고, 우정은 곤궁에서 시험된다)

11 월 1 일 요일 날씨

흥떵 흥떵.

※특기사항

Brevity is the soul of wit. (말은 간결함이 생긴다) 294

10월 31일

일요일. 병칠 내외가 왔기에 최 선생 댁에 가서 단풍 구경하고 집에 돌아와 술을 마셨다.

11월 1일

흥떵흥떵.

11 월 2 일 요일 날씨

※특기사항

295 Public opinion is a second conscience. (여론은 제2의 양심이다)

11 월 3 일 요일 날씨

※특기사항

Zero is a starting point of life. (영은 인생의 출발점이다) 296

11월 2일

동서문화사 고정일 씨 만나 술을 많이 하고.

11월 3일

학교 강의. 종일 고단했고, 밤엔 독서신문사 총회에 출석. 부이사에 중임.

11월 4일

학교 강의. 이발.

11월 5일

은아를 데리고 오래간만에 연각을 위문 갔다. 요즈음 맞는 침이 효과 있단 말을 들었더니 과연 신색이 좋아 보였다. 가는 걸음에 『중국해학소설전집』 한 질을 선물했더니 무한히 좋아했다.

11 월 6 일 요일 날씨

※특기사항

299 Business is business. (공은 공이요 사는 사다)

11 월 7 일 요일 날씨

※특기사항

Cut your coat according to your cloth. (분에 맞는 살림을 하라) 300

11월 6일

『월간문학』에서 청탁이 와있던 원고「나의 집필 괴벽」을 쓰기 시작.

11월 7일

원고 다 끝냄 16매. 밤엔 두메와 같이 대청동 독서신문 파티에 참석.

11 월 8 일 요일 날씨

종일 놀고,

※특기사항

301 Human knowledge is the parent of doubt. (인간의 지식은 의심의 어버이이다)

11월 9 일 요일 날씨

학교강의

※특기사항

Constant occupation prevents temptation. (부단한 근무는 유혹을 막는다) 302

11월 8일

종일 놀고.

11월 9일

학교 강의.

11월 10일

학교 강의. 시내에 나가 하인두 개인전 구경하고.

11월 11일

학교 강의. R과 은아와 시내에서 만나 점심 먹고, 내일 서울 가서 선사할 김을 샀다. ‘안춘근, 서수옥’ 이발.

11월 12일 요일 날씨

아침 첫 고속버스로 상경. 창작집 출판 공정은 거지반 진척되고 있었다. 밤엔 안춘근, 박순녀, 최인욱, 박홍근, 이원수 형 들과 술을 마셨다.

※특기사항

305 Nothing is more vulgar than haste.

11월 13일 요일 날씨

1시 20분 버스로 귀부. 닿은 땐 깜깜했다.

※특기사항

A little pot is soon hot. (소인은 발끈하기 쉽다) 306

11월 12일

아침 첫 고속버스로 상경. 창작집 출판 공정은 거지반 진척되고 있었다. 밤엔 안춘근, 박순녀, 최인욱, 박홍근, 이원수 형 들과 술을 마셨다.

11월 13일

1시 20분 버스로 귀부. 닿은 땐 깜깜했다.

11 월 14 일 요일 날씨

※특기사항

307 Practice makes perfect. (실습은 완전을 가져온다)

11 월 15 일 요일 날씨

※특기사항

Pain past is pleasure. (고통도 지나고 보면 즐겁다) 308

11월 14일

정오 천우예식장에서 주인태 군의 결혼식 주례를 서주고. 학장이 보내준 차로 언양 작천정에 가 학교 교수들 소풍 놀이에 참가해 놀다가 돌아왔다.

11월 15일

창작집 『해변』 끝에 붙일 후기 쓰고.

11월 16일

학교 강의.

11월 17일

학교 강의. 이발.

11월 18일

학교 강의. 미국 공보원에 가서 수로회 꽃꽂이전 구경하고.

11월 19일

을유문화사에 『해변』 우송. 『월간문학』에 실은 최해군 씨의 소설 「석양에 비낀 언덕」 읽고 실망. 오늘이 20일인 줄만 알고 김동리 씨 차남 결혼 축전을 했다. 요즘은 가끔 이런 실수를 한다. 역시 나이 탓일까. 저번엔 학교 용인에게 수고 값 천 원을 준다는 게 5,000원이나 주었다가 도로 4,000원을 받아내기도 하고.

11월 20일

은아 데리고 시내에 나가 전포국민교 교장 지한웅의 빈소에 조문. 동명극장에 가서 영화를 보고, 밤엔 이동섭 씨가 술을 받아주러 왔기에 '이스탄불'에서 맥주 마시고.

11월 21일

김호준 씨의 초청을 받고 임호 씨가 왔기에 셋이서 점심 술. 밤엔 어머님의 제사.

11월 22일 요일 날씨

별로 한 일 없고, 밤엔 雨荷 내외분, 崔海君 씨 내외분 초청 만찬을 하고,

11. 23.

학교 강의, 낮에 權相遠 敎授 父親喪 弔問, 山地에까지 갔다 왔다.

※특기사항

315 Obtuseness is sometime a virtue. (우둔도 때로는 미덕이다)

11월 24일 요일 날씨

학교 강의, 밤엔 시내에 내려가서 수로회 꽃꽂이 졸업식에 전시회 때의 작품평 해주고.

※특기사항

Children and fools tell the truth. (어린이와 바보는 참말을 한다) 316

11월 22일

별로 한 일 없고. 밤엔 우하 내외분, 최해군 씨 내외분 초청 만찬을 하고.

11월 23일

학교 강의. 낮에 권상원 교수 부친상 조문, 산지에까지 갔다 왔다.

11월 24일

학교 강의. 밤엔 시내에 내려가서 수로회 꽃꽂이 졸업식에 전시회 때의 작품평 해주고.

11월 25일

학교 강의. 저녁엔 동래에 내려가 우하와 맥주 약간.

11월 26일

현대문학에 줄 『해변』의 광고 도안을 그렸다. 내일 아침 고속버스 차표 사놓고.

11월 27일

아침 버스로 상경. 오후 3시 남산 외교구락부에서 있은 이원수 형의 수연에 참석. 많은 내객. 나는 안춘근 씨와 먼저 나와 술을 마심. 이 형 연회장에선 축사를 했고.

11월 28일

낮 버스로 귀가, 할머니가 와 계셨다.

11 월 29 일 요일 날씨

※특기사항

323 Seeing is believing. (백문은 불여 일견이다 : 百聞不如一見)

11 월 30 일 요일 날씨

※특기사항

An old dog does not bark for nothing. (늙은 개는 함부로 짖지 아니한다) 324

11월 29일

교정 보고.

11월 30일

도의 문화상 심사회 참석. 위원장 피선. 배갈을 많이 마셨더니 정신없도록 취했다.

12월 1일

학교 쉬고, 이발, 교정 보고.

12월 2일

학교 강의, 교정.

12월 3일 요일 날씨

※특기사항

327 All the great ages have been ages of belief. (위대한 시대는 신념의 시대이다)

12월 4일 요일 날씨

※특기사항

A man becomes learned by asking questions. (질문함으로써 지식은 넓어진다) 328

12월 3일

교정 계속. 독서신문사와 국제신보와 공동주최 연말 도서 모집 (고아원 기증용) 사무 관계로 국제 하종배 사장 방문 상의.

12월 4일

교정 마친 원고 우송. 저녁땐 하서 김종우 씨를 불러 술을 내게 해 유쾌한 한때를 보냈다.

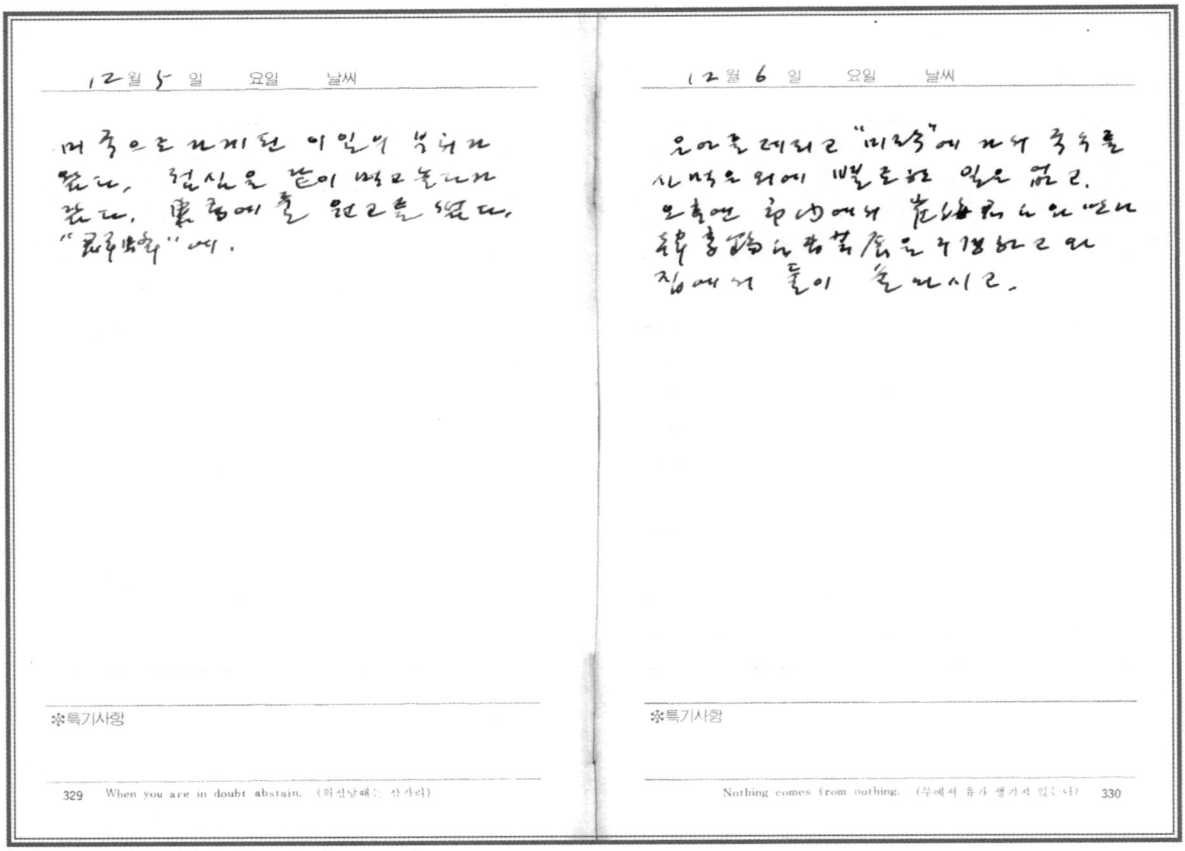

12월 5일

미국으로 가게 된 이일의 부처가 왔다. 점심을 같이 먹고 놀다가 갔다. 동고에 줄 원고를 썼다. 『군봉』에.

12월 6일

은아를 데리고 '미락'에 가서 국수를 사 먹은 외에 별로 한 일은 없고 오후엔 시내에서 최해군 씨와 만나 한형석 씨 서예전을 구경하고 와 집에서 둘이 술 마시고.

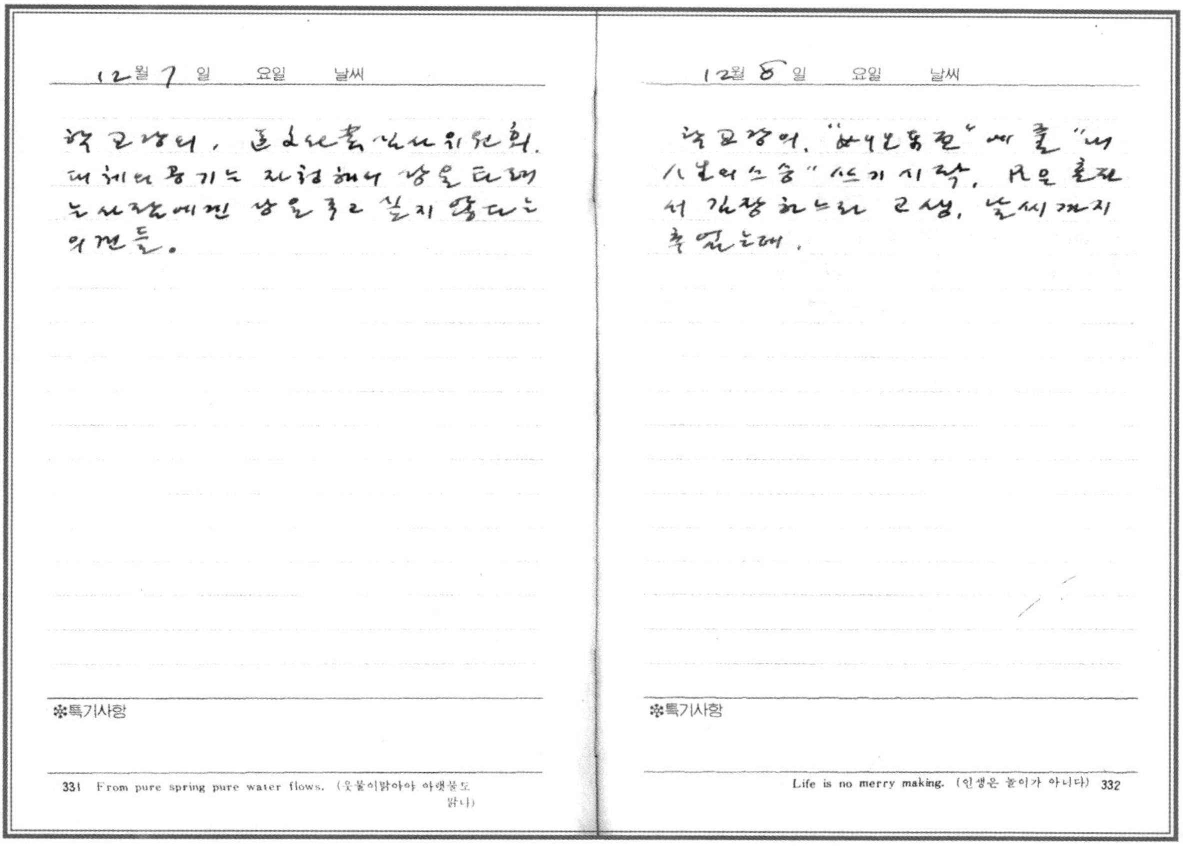
12월 7일 요일 날씨

학교 강의, 도문화상심사위원회. 대체의 공기는 자청해서 상을 타려는 사람에겐 상을 주고 싶지 않다는 의견들.

※특기사항

331 From pure spring pure water flows. (윗물이맑아야 아랫물도 맑다)

12월 8일 요일 날씨

학교강의. "여성동아"에 줄 "내 인생의 스승" 쓰기 시작. R은 혼자서 김장하느라 고생. 날씨까지 추웠는데.

※특기사항

Life is no merry making. (인생은 놀이가 아니다) 332

12월 7일

학교 강의. 도 문화상 심사위원회. 대체의 공기는 자청해서 상을 타려는 사람에겐 상을 주고 싶지 않다는 의견들.

12월 8일

학교 강의. 『여성동아』에 줄 「내 인생의 스승」 쓰기 시작. R은 혼자서 김장하느라 고생. 날씨까지 추웠는데.

12월 9일

『여성동아』에 원고 보내고 이발, 밤엔 이해주 출판기념회에 나가 축사하고, 돌아오는 길에 박태권, 박문하 씨와 술을.

12월 10일

밤에 요산 출판기념회(미화당예식장)에 나가 축사를 하고. 요산, 우하, 임중빈 씨 등과 술을 마심.

12월 11일

종일 별로 하는 일 없이.

배를 타고 있던 미영이 부가 귀국했다.

12월 12일

홍이의 결혼식이 영남예식장에 있어 가족이 다 갔으나 나는 시내에 내려가 현대해양의 이종례 군을 만나 점심을 같이하고 왔다. 부일 주최 '취미전'에 은아와 나의 그림을 접수시키고.

12월 13일

서울 을유에 전화, 책 사정을 물었더니 오늘부터 인쇄니까 일주일 혹은 십 일쯤 뒤에라는 말. 낮엔 동서문화사 외교원이 찾아왔기에 같이 김호준 씨와 점심.

12월 14일

도에서 도 문화상 심사회. 귀로에 조두남, 홍복실 씨 등과 대학촌에서 술 마시고. 오다가 은아에게 인형과 『심청전』 그림책을 사주었다.

12월 15일 요일 날씨

※특기사항

339 Duty before pleasure. (의무는 쾌락에 앞선다)

12월 16일 요일 날씨

※특기사항

Quality is better then quantity. (양보다 질) 340

12월 15일

학교 기말시험.

12월 16일

은아 데리고 서면의 김용호, 김천옥 시화전 구경하고. 광복동의 허종배 사진전 구경하고. 부일 주최 '취미전' 구경하고 돌아와 『현대해양』에 줄 원고 쓰기 시작. 이발.

12월 17일

아침에 자리에서 눈을 뜨자 은아는 자기의 옷섶에서 소금 봉지 넣어둔 것과, 발가락에 실 매어놓은 것을 보여주면서 이것은 엄마가 해준 다래끼 양밥이라는 것이었다. 우습다. 은아는 필경 다래끼가 벌겋게 부어올라 있다. 『현대해양』에 「파도따라 섬따라」 31매 1회분을 우송했다.

12월 18일

낮에 동명극장에 내려가 중국영화 구경하고, 저녁땐 김호준 씨와 술.

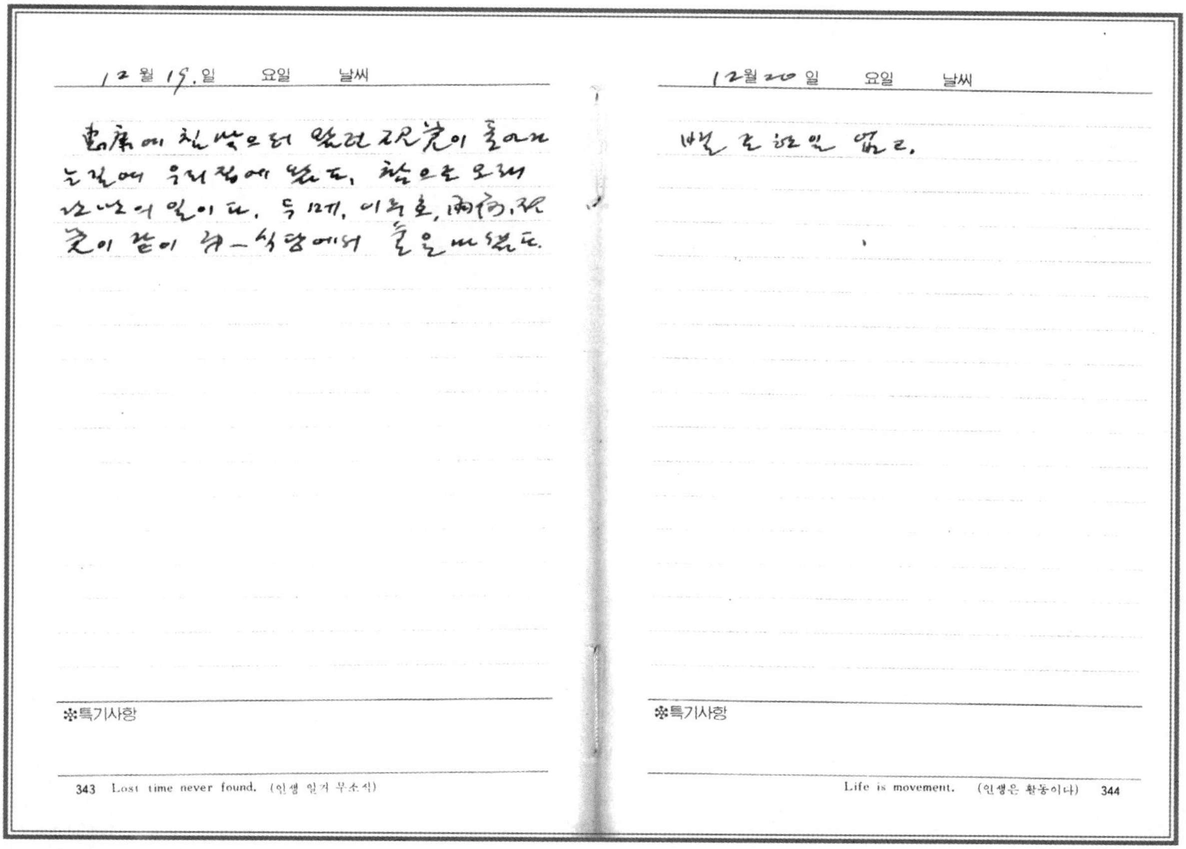
12월 19.일 요일 날씨

惠康에 침 맞으러 왔던 연각이 돌아가는 길에 우리 집에 왔다. 참으로 오래간만의 일이다. 두메, 이주호, 雨荷, 연각이 같이 第一식당에서 술을 마셨다.

※특기사항

343 Lost time never found. (인생 일거 무소식)

12월 20일 요일 날씨

별로 한 일 없고.

※특기사항

Life is movement. (인생은 활동이다) 344

12월 19일

혜강에 침 맞으러 왔던 연각이 돌아가는 길에 우리 집에 왔다. 참으로 오래간만의 일이다. 두메, 이주호, 우하, 연각이 같이 제일식당에서 술을 마셨다.

12월 20일

별로 한 일 없고.

12월 21일

도에서 있은 문화상 시상식에 참례. 은아는 민중병원에 가서 눈의 다래끼를 치료 받고.

12월 22일

낮에 은아를 데리고 온천극장에 가 영화 구경을 했다. 여성동아에서 고료가 우송돼 오고.

12월 23일

학교에 채점표 갖다주고. 오는 길에 이발.

12월 24일

아침에 놀라운 소식을 들었다. 권상원 선생이 지난밤 10시경에 교통사고로 부상해 새벽 두 시경에 절명했다는 소식이 학교로부터 전해온 것이었다. 대학병원에 갔다가, 임시연락소인 이웃 어느 식당에 다른 교수들과 있다가 왔다. 너무도 허망한 일이었다.

12월 25일

집에서 그대로 쉬고.

12월 26일

서울서 소운이 내려왔기에 제일식당에서 우하, 석불 씨와 술을 마시며 놀았다.

월 일 요일 날씨

※특기사항

353 All covet, all lose. (모든 것을 탐내면 모든 것을 잃는다)

12월 27일 요일 날씨

※특기사항

Knowledge is power. (아는 것이 힘) 354

12월 27일

부영극장에서 있은 시문화상 시상식에 갔다 와 권상원 씨의 장례식이 있는 공원묘지에 갔더니, 연기를 했다는 소식이어서 도로 내려왔다. 교통사고를 낸 운전사와의 해결이 잘 안 된 모양이었다.

12월 28일

황산에게 보낼 희시 한 수를 지었다.

子年年頭吟	쥐띠해 신년 벽두에 읊으며
生而覽者謂之鼠	태어나면서부터 살피는 자는 쥐라고 부르니
鼠當逐豕自任主	쥐가 마땅히 돼지를 쫓아내고 스스로 주인 자리 맡았네
不惜朝夕殘臭飯	아침저녁 냄새나는 남은 밥을 아까워하지 않으니
但恐甘夢途中破	다만 달콤한 꿈이 도중에 깰까 걱정이네

밤엔 동래호텔 예식장에서 있은 송년 민속예술대회에 나가 소감 강연을 해주었다.

월 일 요일 날씨

※특기사항

357 Experience is the best teacher. (경험은 가장 좋은 스승이다)

월 일 요일 날씨

※특기사항

Example is better than precept. (교훈 보다는 실천) 358

12월 29일

학교에서 권상원 선생 영결식, 조사를 썼다. 공원묘지에서 하관 두 시, 귀로에 양 학장, 박동호 과장과 동래에서 대취.

조사

인생 백 년 다 채우고 산다 해도 오히려 모자란다 하는 것이거늘 이제 겨우 반백의 고개턱에서 탈락을 하시다니 이 무슨 놀라운 이변입니까. 반평생 가난과 고독 속에 사는 것만도 고통스러운 일이거늘. 오만 횡포한 교통 흉기에 목숨을 앗기시다니 이 무슨 저주의 억울함입니까. 망막에 선연해 있는 당신의 그 모습, 귓결에 묻힌 채로 있는 당신의 그 목소리. 당신이 일상으로 걸어 다니던 골마루와 칠판이 그대로 기다리고 있는데 어찌하여 당신은 이 모습으로 우리를 대해주는 겁니까. 일천문도의 목마르게 외쳐 부르는 소리가 들리지 않아 동해의 짠바람을 몰고 오는 파도 소리가 들리지 않아 이렇게 침묵으로 자실해 있는 겁니까. 지금 한창 꽃이 피려는 학사의 도상에서 불의의 순직이란 이별, 너무나도 허망한 소식이 아니리까. 아무리 삶이 한 조각 구름의 일이요. 죽음이 한 조각 구름의 사라짐이라 한들, 너무도 속절없는 인생의 실체가 아니리까. 그러나 어느 때에 가나 누구라도 한번은 가야 하는 길을 당신은 한 발자국 먼저 떼어 놓은 것뿐이로다. 아아, 권상원 선생! 권상원 교수! 당신의 그 정답고 존경스런 이름 한신들 잊을 날이 있으리까. 당신의 뜻 이어받을 우리를 믿으시고 고요히 웃음 지으시며 편안히 눈을 감아 주시옵소서. 우리를 떠나기에 서러운 이름. 아아, 권상원 선생! 권상원 선생이시여!

학장

12월 30일

아침에 옆방엘 들어가니 할머니가 연탄가스로 졸도. 급히 의사를 불러 응급치료해서 무사했다. 우하와는 점심을 같이하고, 이발. 을유에서 책이 나왔다 기별이 왔기에 가서 창작집 『해변』을 찾아왔다. 책이 잘되어 있어서 안심이 됐다. 밤엔 최해군 씨와 집에서 술.

12월 31일

책을 신문사에 보내고, 또 일부는 서울 등지에 우송. 오후엔 학교에 한 번 나갔다 왔다. 윤정규 군이 수상한 기념으로 금 넥타이핀을 가져와 맥주를 사주고 돌아갔다. 섣달 그믐밤.

연 령 대 조 표

연령	서기	단기	간지	연령	서기	단기	간지	연령	서기	단기	간지
0	1971	4304	신해	34	1937	4270	정축	68	1903	4236	계묘
1	1970	4303	경술	35	1936	4269	병자	69	1902	4235	임인
2	1969	4302	기유	36	1935	4268	을해	70	1901	4234	신축
3	1968	4301	무신	37	1934	4267	갑술	71	1900	4233	경자
4	1967	4300	정미	38	1933	4266	계유	72	1899	4232	기해
5	1966	4299	병오	39	1932	4265	임신	73	1898	4231	무술
6	1965	4298	을사	40	1931	4264	신미	74	1897	4230	정유
7	1964	4297	갑진	41	1930	4263	경오	75	1896	4229	병신
8	1963	4296	계묘	42	1929	4262	기사	76	1895	4228	을미
9	1962	4295	임인	43	1928	4261	무진	77	1894	4227	갑오
10	1961	4294	신축	44	1927	4260	정묘	78	1893	4226	계사
11	1960	4293	경자	45	1926	4259	병인	79	1892	4225	임진
12	1959	4292	기해	46	1925	4258	을축	80	1891	4224	신묘
13	1958	4291	무술	47	1924	4257	갑자	81	1890	4223	경인
14	1957	4290	정유	48	1923	4256	계해	82	1889	4222	기축
15	1956	4289	병신	49	1922	4255	임술	83	1888	4221	무자
16	1955	4288	을미	50	1921	4254	신유	84	1887	4220	정해
17	1954	4287	갑오	51	1920	4253	경신	85	1886	4219	병술
18	1953	4286	계사	52	1919	4252	기미	86	1885	4218	을유
19	1952	4285	임진	53	1918	4251	무오	87	1884	4217	갑신
20	1951	4284	신묘	54	1917	4250	정사	88	1883	4216	계미
21	1950	4283	경인	55	1916	4249	병진	89	1882	4215	임오
22	1949	4282	기축	56	1915	4248	을묘	90	1881	4214	신사
23	1948	4281	무자	57	1914	4247	갑인	91	1880	4213	경진
24	1947	4280	정해	58	1913	4246	계축	92	1879	4212	기묘
25	1946	4279	병술	59	1912	4245	임자	93	1878	4211	무인
26	1945	4278	을유	60	1911	4244	신해	94	1877	4210	정축
27	1944	4277	갑신	61	1910	4243	경술	95	1876	4209	병자
28	1943	4276	계미	62	1909	4242	기유	96	1875	4208	을해
29	1942	4275	임오	63	1908	4241	무신	97	1874	4207	갑술
30	1941	4274	신사	64	1907	4240	정미	98	1873	4206	계유
31	1940	4273	경진	65	1906	4239	병오	99	1872	4205	임신
32	1939	4272	기묘	66	1905	4238	을사		[illegible]		
33	1938	4271	무인	67	1904	4237	갑진				

知 性 日 記

서기1970년 10월 15일 인쇄
서기1970년 11월 1일 발행

발행처 지성사

서울특별시종로구신문로2 가19
전화 75—7680 · 74—7415

값 [illegible] 원

1972년 일기

Sung Moon's Diary

瞑想

日記

'72

省文社

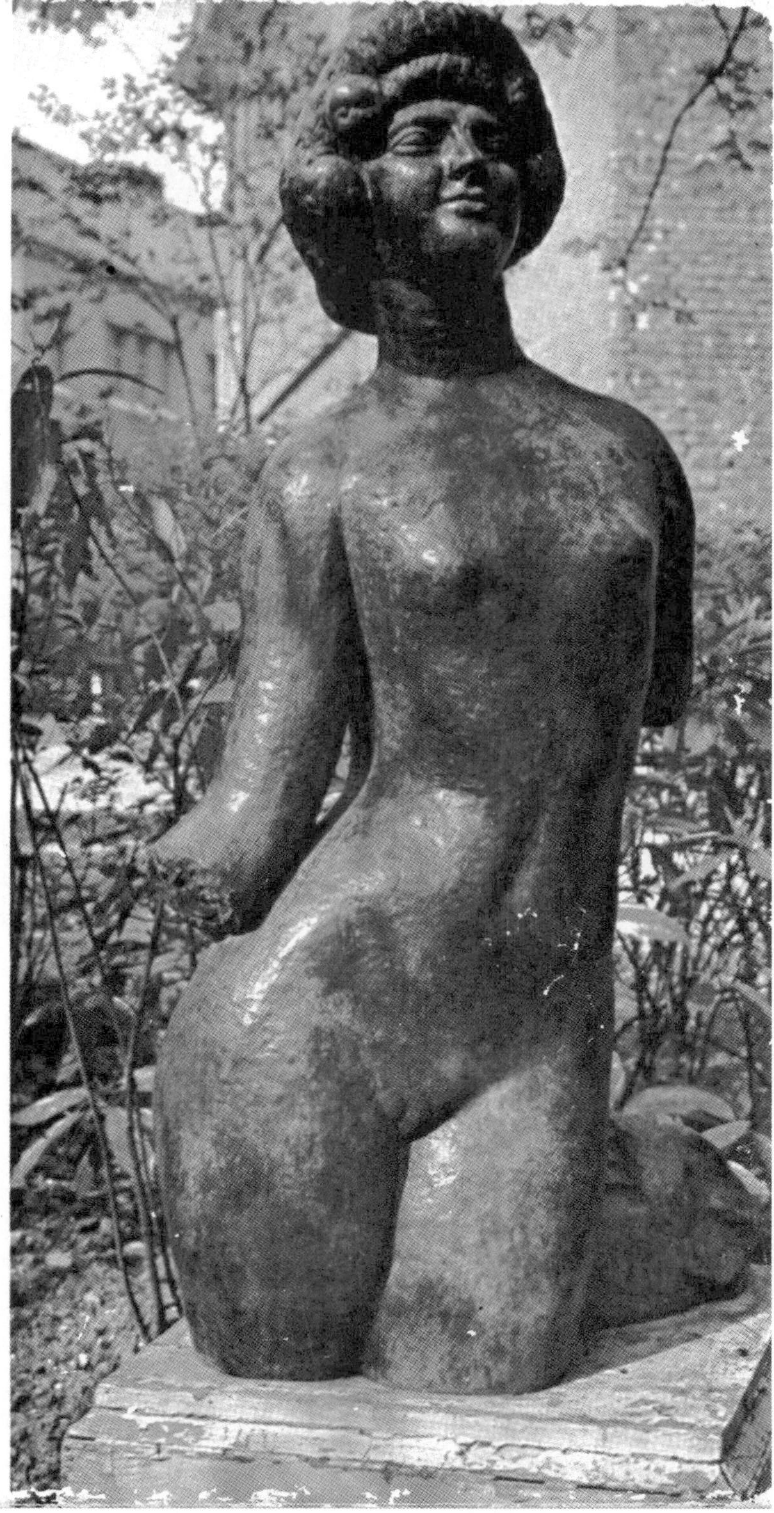

1月 3 日 曜日

기증도서 봉다리에 넣고, 밤엔 김호준씨와 같이 술.

9—스스로 이길 수 있다고 믿는 사람이 이길 수 있다. <드라이든>

1월 3일

기증 도서 봉지에 넣고, 밤엔 김호준 씨와 같이 술.

1월 4일

기증 도서 포장. 꼽꼽히 비가 내린다. 『새교실』에서 『훈장개화백경』을 연재해 달라 했으나 쓸 소재가 없어서 못 쓴다는 회답을 띄웠다.

1월 5일

연각이 놀러 왔기에 집에서 같이 점심을 먹고, 나 혼자서 잠시 학교에 나갔다 온 뒤, 다시 우하 댁에서 연각, 최해군 씨 등과 놀았다.

1月 6日 曜日

12—現實은 언제나 對立의 世界다. 그러나 그것을 綜合해 나아가는 건 思想의 힘이다. <헛셀>

1月 7日 曜日

13—國王이란 위엄과 職位의 이름이지 사람 이름은 아니다. <발레리>

1월 6일

서울과 시내행 기증 책 발송, 오후엔 국제신보 기자 두 사람이 와서 인터뷰, 『해변』의 출간과 문학 일반에 대한 이야기.

1월 7일

『조선일보』에 『해변』의 기사가 크게 나 있었다. '대학 홀'에 설영, 수익, 김영, 강춘화, 신명석, 한찬식 씨 등에게 보내는 책을 맡겼다. 상이의 취직을 위해서 국제신보에 갔었으나 실패였다. 이발, 금강원 산책을 오래간만에 최 선생과 같이했다.

1月 8日 曜日

1月 9日 曜日

14—만일 神이 없다면 우리는 神을 發見하지 않으면 안된다. <발레리>

15—自己의 故鄕을 한번도 떠나보지 못한 人間은 偏見의 덩어리이다. <골도니이>

1월 8일

안수길 씨와 오영수 씨로부터 부탁했던 서평이 우송돼 왔다. 평론가 임중빈 씨와 김병걸 씨로부터서도 책을 받았다는 인사 편지가 왔다. 『주간한국』에 『해변』의 서평이 나와 있었다.

1월 9일

R과 은아와 셋이서 온천극장에 가 중국영화 구경, 등산 갔던 귀로에 이성순 기자가 왔기에 같이 술을 마시고.

1月 10日 曜日

16—어려운 일에 시달린 사람은 쉽사리 낙망하지 않는다. <존슨>

1月 11日 曜日

17—孤獨할 때, 人間은 참다운 자신을 느낀다. <톨스토이>

1월 10일

『동아일보』 기사를 읽고 느낀 바 있어서 경북 월성군의 어느 두메 학교에 『섬에서 온 아이』 두 권을 붙여 보내고, 우문사에 천상병 시집 주문을 하고, 은아와 같이 문화극장에서 영화 구경을 하고 왔다.

1월 11일

비가 내렸다. 황순원, 장수철, 장호, 이하윤, 송원희 씨 등으로부터 책 고맙게 받았다는 인사 편지가 왔다.

1月 12日 曜日

학교에 잠시 들르고, 書藝展 하겠다면서 正甲이 오고, 조부님 제사. 安春根, 李文求, 鄭飛石, 孫東仁, 元應瑞, 金敎善, 趙斗南, 李家源, 金子登 氏 등으로부터 來信.

18—사람의 진정한 富는 세상에 대해 행한 선행이다. <마호메트>

1月 13日 曜日

洪起三, 金松, 金泳一, 朴敬宗 諸氏들로부터 책 고맙게 받았다는 편지가 왔다.

19—우리들의 인생은 아침에 피어 저녁에 시드는 풀에 핀 꽃과 같다. <페스탈로찌>

1월 12일

학교에 잠시 들르고, 서예전 하겠다면서 정갑이 오고, 조부님 제사. 안춘근, 이문구, 정비석, 손동인, 원응서, 김교선, 조두남, 이가원, 가네코 노보루 씨 등으로부터 내신(來信).

1월 13일

홍기삼, 김송, 김영일, 박경종 제씨들로부터 책 고맙게 받았다는 편지가 왔다.

1月 14 日 曜日

20—나갈 준비를 하고 죽을 수 있는 준비를 하자. <안 창호>

1月 15 日 曜日

21—習慣은 天才를 만들고, 또한 잘 天才를 滅한다. <서양금언>

1월 14일

이원수 형으로부터 편지. 『월간문학』에 낼 광고 도안 만들고, 『현대문학』의 것은 이날 보내고.

1월 15일

『백경』 편집 관계로 학교 잠시 나갔다가 교통사고로 입원해 있는 용기 군을 대학병원으로 가 위문하고, 황을순 씨를 데리고 문화방송에 나가 문학에 대한 〈일요정담〉을 녹음했다.

1月 16日 曜日

22—오늘을 잡으라. 내일이 있다고 믿지 말라. <호러스>

1月 17日 曜日

23—모든 女子는 결혼해야 하지만 男子는 그렇지도 않다. <디스렐리>

1월 16일

일요일, 정갑이 와서 아침 먹고 태양다방의 전람회장으로 갔다. 독서신문의 김종규 씨가 놀러 왔기에 최해군 씨와 함께 종일 맥주를 마셨다.

1월 17일

신학기 입시출제를 위해 학교의 전 출제위원들과 같이 오륜대에 있는 천주교의 '피정의 집'에 입소, 거기서 자고 먹으면서 출제를 했다. 지루한 나날. 일주일만인 24일에 학교로 돌아가 시험을 치고 여러 날 만에 귀가. 은아는 건강하게 잘 자라고 있었다. 전병순 씨 등으로부터 편지가 와 있었다. 24일 이발.

1月 25日 曜日

24—젊은 時節의 오류는 좋다. 다만 老境에까지 끌고 가지 말라. <괴테>

1月 26日 曜日

25—죽어가는 늙은 사자와 놀기보다는 새끼 사자와 노는 편이 낫다. <셰익스피어>

1월 25일

태양다방에 내려가 정갑 군을 전람회장에서 만나고 학교에 가 채점을 했다.

1월 26일

학교에 나가 채점하고, 전찬일 선생과 광복동에서 TV 기계 구경을 하며 다녔다.

1月 27日 曜日

26—婦人의 말이 머딘 것은 婦人의 유일한 美德이다. <셰익스피어>

1月 28日 曜日

27—때가 지나도 한번 發한 말은 永遠히 남는다. <톨스토이>

1월 27일

R과 은아와 나와 셋이서 문화극장에 가 디즈니의 만화영화 〈요술의 검〉을 보고 점심 먹고, 나는 학교로 가고 R과 은아 둘이는 남천에 갔다. 밤엔 최 선생 불러 술 마시고, 아홉 시가 되도록 R은 안 오고.

1월 28일

동래에 내려가 우하와 점심. 집에서 『파도따라 섬따라』 이 회분 쓰기 시작.

1月 29日 曜日

28—世界에 勞動에 不適한 空氣는 없다. <서양격언>

1月 30日 曜日

29—來日의 태양은 그대에게 비치지 않을 수도 있다. <몽크리브>

1월 29일

문화방송에 내려가 〈일요정담〉 녹음하고 오는 길에 쇠고기를 사와 가족끼리 스키야키를 해 먹었다.

1월 30일

『파도따라 섬따라』 35매 써서 부산에 내려온 현대해양사 이종례 군에게 전했다. 양 학장과 셋이서 술 마시다가 늦어서 여관에 자고.

1月 31 日 曜日

30—人間은 웃는 힘이 부여된 유일한 生物이다. <그레빌>

2月 1 日 曜日

31—世上이 온갖 王冠을 가지고 오더라도 寢床과는 바꾸고 싶지 않다. <나폴레옹>

1월 31일

여름같이 비가 내리쏟는다. 이발. 소설「풍마」설계 정리.

2월 1일

봄날같이 따스하다. 은아와 함께 이리저리 산책. 밤엔 최 선생 내외분과 저녁을 같이하고.

2月 2 日 曜日

32—받은 것을 잊으라. 그러나 친절을 받은 것은 잊지마라. <에이버리>

2月 3 日 曜日

33—사랑이 식으면 결점이 보여 온다. <비처>

2월 2일

태화의 추 사장과 한 전무가 인쇄 관계 일로 왔기에 두메와 제일식당에 가서 술을 마셨다.

2월 3일

각처에『해변』우송, 박광호 씨가 찾아와 영애 입학금 관계 걱정을 하기에 돈 오천 원 변통해주고 점심을 같이하고서 보내주었다.『부산일보』에 수필「입춘유감」6매를 써주고.

2月 4 日 曜日

"菜根譚" 쓰기 시작.

34—犯罪에는 공포가 따른다. 그것이 刑罰이다. <볼떼르>

2月 5 日 曜日

35—法이 있으면 도망칠 구멍도 있다. <영국 격언>

2월 4일

『채근담』 쓰기 시작.

2월 5일

밤에 김관봉 군이 최 선생과 같이 찾아왔기로 술을 마시며 환담하고.

2月6日 曜日

36—아무일도 하지 않고 있는 자는 나쁜 일을 하고 있는 자다. <톨스토이>

2月7日 曜日

37—盲目的인 열심은 다만 해를 끼칠 따름이다. <리히토와>

2월 6일

종일 원고 쓰고. 은아는 저녁밥이 끝난 뒤 큰절 시늉을 하면서 “나도 후제 시집가거든 절 연습을 잘해놔야지” 하는 말로 식구를 웃겼다.

2월 7일

학교에 나갔다가 약속한 조순 씨를 시내에서 만나 출판기념회 의논 들으며 최해군 씨와 술을 마셨다.

2月 8 日 曜日

원고 쓰고, 할머닌 남천에 가시고.

38—한 사람을 죽이는 者는 凶漢이다. 萬人을 죽이는 者는 英雄이다. <포르테우스>

2月 9 日 曜日

원고 쓰고, 은아와 함께 미락에 가 우동 사 먹고, 이발

39—가장 깊은 欲望에서 때때로 가장 무서운 미움은 온다. <소크라테스>

2월 8일

원고 쓰고. 할머닌 남천에 가시고.

2월 9일

원고 쓰고. 은아와 함께 미락에 가 우동 사 먹고. 이발.

2월 10일

아침 고속버스로 상경. 안춘근, 박홍근 만나 밤에 술 마시고. 그다음엔 박순녀 씨 만나 술 마시고, 낮에는 일조각 김연재 씨 만나 볼일 보고.

2월 11일

한 시 이십 분 차로 귀부. 은아는 반가이 나를 영접.

2月 12日 曜日

원고쓰고,

42—선물은 보낸 사람이 경멸 당할 경우에는 큰 웃음거리다. <드라이든>

2月 13日 曜日

雨荷 宅에서 曺純, 崔海君. 네사람이 술 마시며 놂.

43—少年의 분노는 불꽃은 지푸라기 같고 老人의 분노는 붉게 탄 鋼鐵과 같다. <바이론>

2월 12일

원고 쓰고.

2월 13일

우하 댁에서 조순, 최해군, 네 사람이 술 마시며 놂.

2月14日 曜日

44—기쁨과 節制와 休息은 醫師로부터 門을 닫는다. <롱펠로우>

2月15日 曜日

45—美女치고 거울 앞에서 온갖 상을 지어 보지 않는 사람은 하나도 없다. <셰익스피어>

2월 14일

원고 쓰고. 금정산에 가서 떼를 떼어오고.

2월 15일

구정 설날. 병칠 내외 오고. 최 선생 와서 술 마시고.

2월 16일

소설 「풍마」의 구상을 정리하려 했으나 막상 붓이 들려지지 않았다.

2월 17일

학교에 잠시 들렀다가 독서신문에 가서 김종규 씨 만나 출판기념회에 대한 의논하고 을유지사를 들러 돌아왔다. 이발.

2月 18日 曜日

48—人間이 사는 곳에는 반드시 선을 행할 수 있는 機會가 있다. <간디>

2月 19日 曜日

49—보리가 싹트기 위해서는 그 씨가 죽지 않으면 아니 된다. <간디>

2월 18일

몇 달 동안이나 벼르고 실패하고 한 텔레비전 문제, 조순 씨의 후원을 얻어 광복동에 가서 11만 원을 주고 사 왔다. 비로소 텔레비전 수영. 은아에게 그럴 수 없는 위안 제공이 된다.

2월 19일

김혜성 씨가 맥주를 사가지고 오고, 이어서 동래에 내려가 파적을 사주었다. 소설은 써야 하는데 또 이 핑계 저 핑계 잘 안 잡힌다.

2월 20일

일요일. 최 선생과 초대장 보내는 준비를 했다.

2월 21일

초대장 우송. 하오 다섯 시 사십오 분엔 김종출 씨와 동양TV 방송에서 〈부산문학의 좌표〉 방송.

2月 22 日 曜日

52—새는 제 날개로 날 수 있는 이상의 높이로는 결코 날지 않는다. <블레이크>

2月 23 日 曜日

53—나무를 겨누는 자보다 태양을 겨누는 자의 화살이 높이 난다. <시드니>

2월 22일

옆방 도배를 시작. 목욕하고.

2월 23일

『월간문학』 이문구 씨로부터 소설 원고 독촉 전화 오고, 밤엔 우하 댁에서 최해군, 허종배 씨 등과 술을 마시고.

2월 24일

이발. 안춘근 씨 사정으로 못 내려온다는 전화. 원고를 쓰고.

2월 25일

이원수, 박홍근 양 씨 내려옴. 신신예식장에서 있은 출판기념회 잘 마치고 김재실 군이 베풀어준 술을 마시고, 해운대에 가서 잤다.

2月26日 曜日

56—人間은 자기가 幸福하다는 것을 알지 못하기 때문에 불행한 것이다. <도스토예프스키>

2月27日 曜日

57—나무가 다 타면 불이 꺼지고 말장이가 없어지면 다툼이 쉰다. <바이론>

2월 26일

이원수, 박홍근 양 씨와 KU에 가서 아동문학에 관한 방송 녹음하고 집에 돌아와 술 마시며 놀았다. 밤엔 최해군, 연각, 조순 씨도 청해서 놀고.

2월 27일

집에서 머문 이원수, 박홍근 양 씨 아침 10시 반 그레이하운드로 귀경.

2月28日 曜日

58—일이 나쁜 사람은 눈물흘릴 時間을 갖지 않는다. <바이론>

2月29日 曜日

59—記念碑를 바라지 않는 사람만이 記念碑의 價値가 있다. <해즐리트>

2월 28일

별 하는 일 없이 놀고.

2월 29일

우하의 수필집에 붙이는 글 「우하장 조감도」 다섯 매를 쓰고 표지의 글씨를 쓰고, 우하 댁에 내려가 연각, 해군, 허종배 씨 등과 술 마시고.

3월 1일

소설을 시작하려 했으나 망설이기만.

3월 2일

학교에 잠시 나갔다가 오고. 이발.

3月3日 曜日

R과 은아와 셋이서 동래에 내려가 파적 먹고 왔다.

62—참된 사랑의 길은 결코 평탄하지가 않다. <셰익스피어>

3月4日 曜日

아버님의 제삿날, 오늘부터나 하고 소설을 시작하려했더니 감기가 들어 몸이 아팠다, 밤엔 제사 모시고.

63—남은 富는 不必要한 것을 살 따름이다. <소로우>

3월 3일

R과 은아와 셋이서 동래에 내려가 파적 먹고 왔다.

3월 4일

아버님의 제삿날. 오늘부터나 하고 소설을 시작하려했더니 감기가 들어 몸이 아팠다. 밤엔 제사 모시고.

3月 5 日 曜日

감기로 종일 누워 있었고.

64—지껄이면 지껄일수록 效果는 줄어든다. <디스렐리>

3月 6 日 曜日

선화 동생 천식 군을 데리고 미리 약속해
놓은 釜山實專 張聖万 校長을 만나 건축
과에 入學을 시켜주고 왔다. 오늘
비로소 소설 "風魔"의 設計圖를 시작.

65—사랑을 이야기하려거든 작은 소리로 말하라. <셰익스피어>

3월 5일

감기로 종일 누워 있었고.

3월 6일

선화 동생 천식 군을 데리고 미리 약속해 놓은 부산 실전(實專) 장성만 교장을 만나 건축과에 입학을 시켜주고 왔다. 오늘 비로소 소설 「풍마」의 설계도를 시작.

66—美德조차도 中庸을 편할 도리는 없다. <셰익스피어>

67—좋은 結婚은 소경인 아내와 벙어리인 남편 사이라야 한다. <몽테뉴>

3월 7일

신학기 처음으로 수업. 감기는 낫지 않고. 이발.

3월 8일

학교 수업. 감기 낫지 않고, 미국으로부터 백낙청 씨 편지를 해왔다.

3月 9 日 曜日

학교강의. 밤엔 박동화, 이승근 이기영씨 등과 술 마시고.

68—어머니는 아기의 입술이나 마음에는 神의 이름이다. <대케리>

3月 10 日 曜日

은아 데리고 금강원 동물원 구경하고.

69—한 時代의 宗敎는 다음 時代의 詩다. <에머어슨>

3월 9일

학교 강의. 밤엔 박동화, 이승근, 이기영 씨 등과 술 마시고.

3월 10일

은아 데리고 금강원 동물원 구경하고.

3月11日 曜日

70—바보같은 知識人보다는 知識있는 바보가 낫다. <셰익스피어>

3月12日 曜日

71—아내는 눈으로 고르지 말고 귀로 고르라. <토이기 격언>

3월 11일

남천에서 할머니가 오셨다. 소설 설계 만들었으나 신통치 않아 어떻게 할까 망설였다.

3월 12일

박강순 씨 시집 『목련화』 표지 그리고 우하와 박 씨와 같이 점심. 종일 술 마심.

3月13日 曜日

종일 놀다가. 교재 연구.

72—어리석은 인간이란 절대로 변함이 없는 인간이다. <바아셀로미>

3月14日 曜日

학교 강의. 이발.

73—世上에서 가장 强한 人間이란 고독한 사람이다. <입센>

3월 13일

종일 놀다가 교재 연구.

3월 14일

학교 강의. 이발.

3月15日 曜日

학교강의.

74—忍耐는 쓰다. 그러나 그 열매는 달다. <루소>

3月16日 曜日

학교강의.

75—끝을 삼가는 것이 처음같으면 실패함이 없다. <노자>

3월 15일

학교 강의.

3월 16일

학교 강의.

3월 17일

박강순 씨 시집『목련화』에 서문 써주고, 박문하 씨를 통해 표지『목련화』사례금 이만 원 얻어 제일식당에서 우하와 같이 점심 먹고.

3월 18일

은아 데리고 금강원 가 놀다 오고.

3月 19 日 曜日

78—失手의 변명은 대개 그 변명으로써 失手를 더 크게 한다. <셰익스피어>

3月 20 日 曜日

79—사람은 自己自身을 극복했을 때에만 웃사람을 비난하지 않게 된다. <톨스토이>

3월 19일

교재 준비. 밤엔 연각, 우하, 최해군 씨 와서 같이 술 마시고.

3월 20일

별로 한 일 없고. 이발.

80—마음이 따르지 않는 말은 결코 天國에는 못 간다. <셰익스피어>

81—믿음은 종달새의 알에서 종달새의 지저귀는 소리를 듣는 것이다. <에머어슨>

3월 21일

학교 강의.

3월 22일

학교 강의. 학장 이승근 씨와 민락에 가서 술 마시고. 나중엔 우하가 합세. 동래에 와서 또 술 마시고.

3월 23일

학교 강의.

3월 24일

증조부님의 제사가 있는 날, R은 그 무거운 몸으로 음식 만들기에 분주하더니, 저녁때 시장에 가는 체해 나가 중생산부인과에 가 해산을 했다. 전화를 받은 게 6시 오십이삼 분경. 사내아이를 낳았다는 선화의 전화 연락. 그런 걸 이때까지 참고 일만 하고 있었다니 참으로 미련한 사람! 제사는 그가 없이 나 혼자서 지내게 됐다. 밤엔 노상 생각이 병원에로만 갔다. 잠은 은아와 둘이서 잤다. 아기가 분만된 정확한 시간은 6시 46분. 은아는 엄마한테 간다고 선화와 병원엘 가더니 조금 있다가 돌아와 나하고 같이 잤다. 기특한 은아!

3월 25일

『백경』에 줄 원고 「해양문학의 개발」 40매를 썼다. 저녁나절에 연각, 우하가 축하를 하러 왔기에 함께 밤늦도록 동래에 내려가 술 마시고. 이어서 여관에서 자고.

3월 26일

일요일. 은아를 데리고 최 선생 댁에 산보를 갔으나 내외분 다 외출하고 없었다. 아기는 젖을 잘 빤다. 난 지 사흘째가 되는 오늘 처음으로 눈을 떠 봤다는 것이었다.

3月 27日 曜日

86—내 혀가 마음속에 떠오르는 생각을 다 할 수 있다면! <테니슨>

3月 28日 曜日

87—나는 고민하는 일이 없다. 너무 분주해서 고민할 겨를이 없는 것이다. <처칠>

3월 27일

을유문화사 정 사장 영랑 결혼식에 축의금 만 원 송금. 이발.

3월 28일

학교 강의.

3월 29일

학교 강의. R은 밤이 되어 하혈이 심해 의사를 불러 주사를 맞았는데, 그래도 멎지 않아 하는 수 없이 중생산부인과에 입원했다. 무사해야겠는데 걱정이다. 부디 나아주기를! 병원으로 선화와 같이 간 것은 약 11시 전. 비가 몹시 내린다.

3월 30일

종일 비가 내린다. R은 밤에 수술을 받았다 한다. 병원엘 가보니 R은 지쳐 누워 있는데 아기는 고이 자고 있었다. 선화가 수고를 몹시 한다. 저녁나절엔 황을순 씨가 온천장에 와 찾기에 만나 제일식당에 가 우하와 술을 마셨다. 밤, 돌아오는 길에 병원에 들렀다가 집에 와서 잤다.

3月31日 曜日

90—거짓말을 한 순간 똑똑히 기억력이 필요하게 된다. <꼬르네이유>

4月1日 曜日

91—友人보다도 敵을 용서하기가 더 쉽다. <아담・도로씨이・드루우지>

3월 31일

아침에 연탄가스에 취해 은아와 둘이서 고생했다. R은 오후에 퇴원. 몹시 피로한 얼굴이다. 종일 바람이 불고 기온이 갑자기 내렸다. 다시 돋은 추위.

4월 1일

R은 상구[1] 몸이 쾌하질 않아서 다시 간호원을 불러 주사를 놓았다. 걱정이다. 그동안 아기의 이름을 여러 가지로 생각해보았다. 첫 칠일 날 비가 많이 왔기로 칠우라 해보고, 은아의 은을 따서 은실이라 해보고, 임신 때 꿈에 부처님을 보았다 해 몽불이라고도 해보았지만, 은실은 계집애 이름 같고, 몽불은 너무 설명적이라서 선화가 좋다 하는 대로 칠우로 결정했다. 칠은 칠성, 칠보, 칠덕 등 좋은 숫자이고, 우는 또 불의 고사와도 맞아 괜찮은 것 같다.

---

1) '아직'의 방언.

4월 2일

R은 연해 몸이 회복되질 않는다. 하혈도 멎지 않는다 한다. 얼굴빛이 샛노랗다. 핏기운이 하나도 없는 빛이다. 몹시 걱정이 된다. 밤엔 제일병원에 있는 옥이가 플라스마 주사를 가지고 와서 놓았다. 약간 기분이 좋아진다는 이야기다. 빨리 나아주었으면!

4월 3일

R은 연해 낫지 않고 오늘은 더욱 두통이 난다 해 밤엔 우하 부처분이 와 주사를 놓고 갔다.

4월 4일

학교 강의. R의 걱정이 되어서 도중에서 쉬지도 않고 집으로 바로 왔다.

4월 5일

요즘은 여러 가지로 마음이 불안하다. R에게는 소민 주사를 해주었다. 오후엔 은아 데리고 금강원 산책하고.

4月 6 日 曜日

학교 강의. R의 병상. 조금씩은 나아지는 것 같다.

96—꼬집어 하는 말도 풍자와 마찬가지로 논평은 아니다. <루우프스>

4月 7 日 曜日

종일 하는 일 없이 지냈다. 요즘은 그저 시간 가기만 기다려, 때 되면 밥 먹고, 때 되면 잠자는 것 말이다. 미국에 있는 정숙에게 편지를 썼다.

97—당나귀가 여행을 했다고 해서 말이 되어 돌아 오지는 못한다. <속담>

4월 6일

학교 강의. R의 병상. 조금씩은 나아지는 것 같다.

4월 7일

종일 하는 일 없이 지냈다. 요즘은 그저 시간 가기만 기다려, 때 되면 밥 먹고, 때 되면 잠자는 것 말이다. 미국에 있는 정숙에게 편지를 썼다.

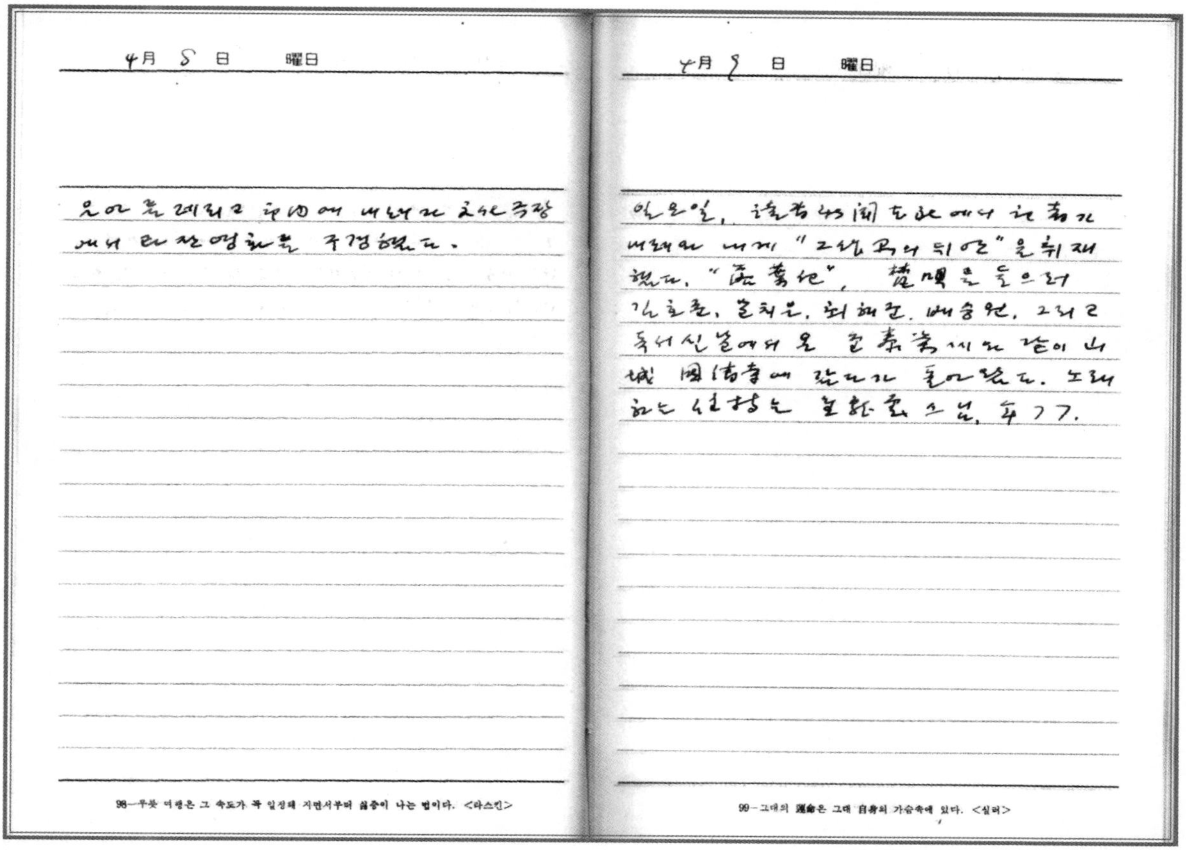

4월 8일

은아를 데리고 시내에 내려가 문화극장에서 〈타잔〉 영화를 구경했다.

4월 9일

일요일. 독서신문지사에서 기자가 내려와 내게 「그 작품의 뒤안」을 취재했다. 〈낙엽기〉, 범패를 들으러 김호준, 문치은, 최해군, 배승원, 그리고 독서신문에서 온 김태영 씨와 같이 산성 국청사에 갔다가 돌아왔다. 노래하는 주지는 김용운 스님. 연 77.

4月 10日 曜日

100—世界 歷史는 世界 審判이다. <실러>

4月 11日 曜日

101—眞理가 떠나는 날 幸福도 기쁨도 함께 우리 곁을 떠난다. <잠바티>

4월 10일

월간문학사에서 또 20일까지 소설 써 보내라는 청탁서가 왔다. 이발.

4월 11일

학교 강의.

4월 12일

학교 강의.

4월 13일

아침 5시에 서울서 전화가 왔는데, 하남 최인욱 씨가 별세했다는 것이다. 입원해 있다가 어젯밤에 퇴원과 함께 운명했다는 것이다. 참으로 충격이다.

독서신문사에 「생각하는 생활」 원고 9매 우송. 최인욱 씨에의 조문은 내일 상경할 생각. 마침 오늘 밤이 증조모님의 제사가 있어서다. 『부산일보』에 하남 형의 조문을 써 주었다.

4월 14일

아침 8시 45분 고속버스로 상경. 고 하남 최인욱 씨 댁에 가 조문. 김영일 형이 일을 보고 있었다. 무상허무. 밤엔 시내에서 이원수, 박홍근, 안춘근 씨 등과 술 마시고 이원수 형 댁에 가 잤다. 비가 내린다.

4월 15일

비가 부슬부슬 내린다. 아침 8시 20분 고속버스로 귀부. 집엔 별일 없었다. 오래간만에 온천장에 닿자 목욕하고.

4月 16 日 曜日

일요일, 오늘이 故 河南兄의 葬式

날, 두메, 김석희씨와 집에서

술 마시며 놀고,

106—超人이란 必要한 일을 견뎌 나갈뿐만아니라 그 고난을 사랑하는 사람이다. <니이체>

4月 17 日 曜日

이발,

107—疲勞, 熱病, 焦燥 여기에 사람들이 앉아 서로의 呻吟을 듣는다. <키츠>

4월 16일

일요일. 오늘이 고 하남 형의 장식 날. 두메, 김석희 씨와 집에서 술 마시며 놀고.

4월 17일

이발.

4月 18日 曜日

학교 강의,

108—모든 사람에 있어서 마음속의 法만큼 分明한 法書가 또 어디 있겠는가? <톨스토이>

4月 19日 曜日

학교 강의. 현대문학에서 소설 원고 청탁장 오고,

109—無至가 至福으로 되어 있는 그런 곳에는 賢明하게 있다는 것은 어리석다. <그레이>

4월 18일

학교 강의.

4월 19일

학교 강의. 『현대문학』에서 소설 원고 청탁장 오고.

4月20日 曜日

학교강의,

110—말은 나무잎과도 같아, 그게 많은 곳에는 그 밑에 意味하는 열매가 드물다. <포우프>

4月21日 曜日

소설 設計圖 만듦,

111—四十이 넘은 사나이는 놈 할 것 없이 잘 난봉이다. <쇼오>

4월 20일

학교 강의.

4월 21일

소설 설계도 만듦.

4月22日 曜日

112—自己의 祖上을 자랑하는 것은 自己의 不德을 自白하는 것이다. <사붕>

4月23日 曜日

113—嘲笑가 악마의 웃음이란 말에는 약간의 眞理가 숨어 있다. <에이버리>

4월 22일

설계도 계속. 양산 장날이라서 은아더러 가자니까 안 가겠다기로 뺨을 두 차례 때려주고 강제로 데려가 계란과 떡을 사가지고 오면서 은아에게 물었다. “아빠가 몇 차례 때리더냐?” 은아는 말 대신 손가락 두 개를 내보였다. “왜 때리더냐?”, “모르겠다. …… 애를 먹이기 때문에 때렸다.” 활짝 갠 날씨. 밭에 피어 있는 배추꽃이 아름다워서 은아를 데리고 나가 사진을 찍어주었다. 집으로 돌아와선 생후 처음으로 칠우도 사진을 찍어주었다.

4월 23일

일요일. 누웠다 일어났다 게으름 부리면서 소설을 쓰기 시작했다. 첫날은 불과 몇 장밖에 안 되었지만.

4月24日 曜日

114—宗教는 사랑의 最高의 形式이다. <팔겔>

4月25日 曜日

115—圓滿을 缺한 知識은 위험하고 무서운 것이다. <S. 존슨>

4월 24일

『부산인물백인집』을 낸다고 최민식 씨가 사진을 찍으러 왔기에 찍혀주었다. 남천에서 할머님이 오셨는데, 식모 아이 하나를 데리고 왔다.

4월 25일

학교 강의.

4월 26일

학교 강의.

4월 27일

학교 강의. 우하의 출판기념회에 관한 의논을 했다.

4月28日 曜日

118—靑年은 모두가 언젠가는 그가 죽으리라는 것을 믿지 않는다. <해즐리트>

4月29日 曜日

119—二十歲까지는 人生에서 제일 긴 前半生이다. <사우디>

4월 28일

을유문화사 『한국학사전』 서평을 부탁하러 부일 문화부장과 만나 점심을 같이했다. 밤엔 유장에서 우하가 내는 술 마시고.

4월 29일

수대 연극 연출을 부탁하러 평산리에 있는 김춘길 군을 찾아갔다가 왔다.

4月 30日 曜日

오래 놀다가 다시 소설을 쓰기 시작했다. 밤엔 비가 쏟고 뇌성이 쳐 흡사 여름철 같았다.

120—幸福에 대한 일대 장애는 과대한 幸福을 기대하는 것이다. <[illegible]>

5月 1日 曜日

소설 쓰다가 내려가서 이발하고, 밤엔 雨荷, [illegible] 두 분과 술.

121—구름이나 바람없이는 어떠한 무지개도 있을 수 없다. <빈센트>

4월 30일

오래 놀다가 다시 소설을 쓰기 시작했다. 밤엔 비가 쏟고 뇌성이 쳐 흡사 여름철 같았다.

5월 1일

소설 쓰다가 내려가서 이발하고, 밤엔 우하, 석불 두 분과 술.

5月 2日 曜日

122—求愛할 때는 꿈을 꾸고 結婚과 동시에 눈을 뜬다. <포오프>

5月 3日 曜日

123—惡黨의 愛情은 그들의 憎惡보다 더 위험하다. <속담>

5월 2일

김재실 군 생질녀 결혼 주례에 서주고, 오후엔 연각, 용기 군이 왔기에 술을.

5월 3일

소설을 쓰기 위해 해인사에 갔다. 한창 보기 좋은 녹음철.

5月 7日 曜日

소설 "風魔" 百枚 前後 써가지고 집으로 돌아왔다. 은아는 반기고, 七雨는 많이 커 있었다.

124—무엇을 제일 사랑하고 있는지는 잃어버린 때에 안다. <속담>

5月 8日 曜日

이발, 국제신보에서 "국제어린이문학상" 작품 심사.

125—우리는 이 세상으로 혼자서 나오고 혼자서 이 세상을 하직한다. <루루우드>

5월 7일

소설 「풍마」 백 매 전후 써가지고 집으로 돌아왔다. 은아는 반기고, 칠우는 많이 커 있었다.

5월 8일

이발. 국제신보에서 '국제 어린이문학상' 작품 심사.

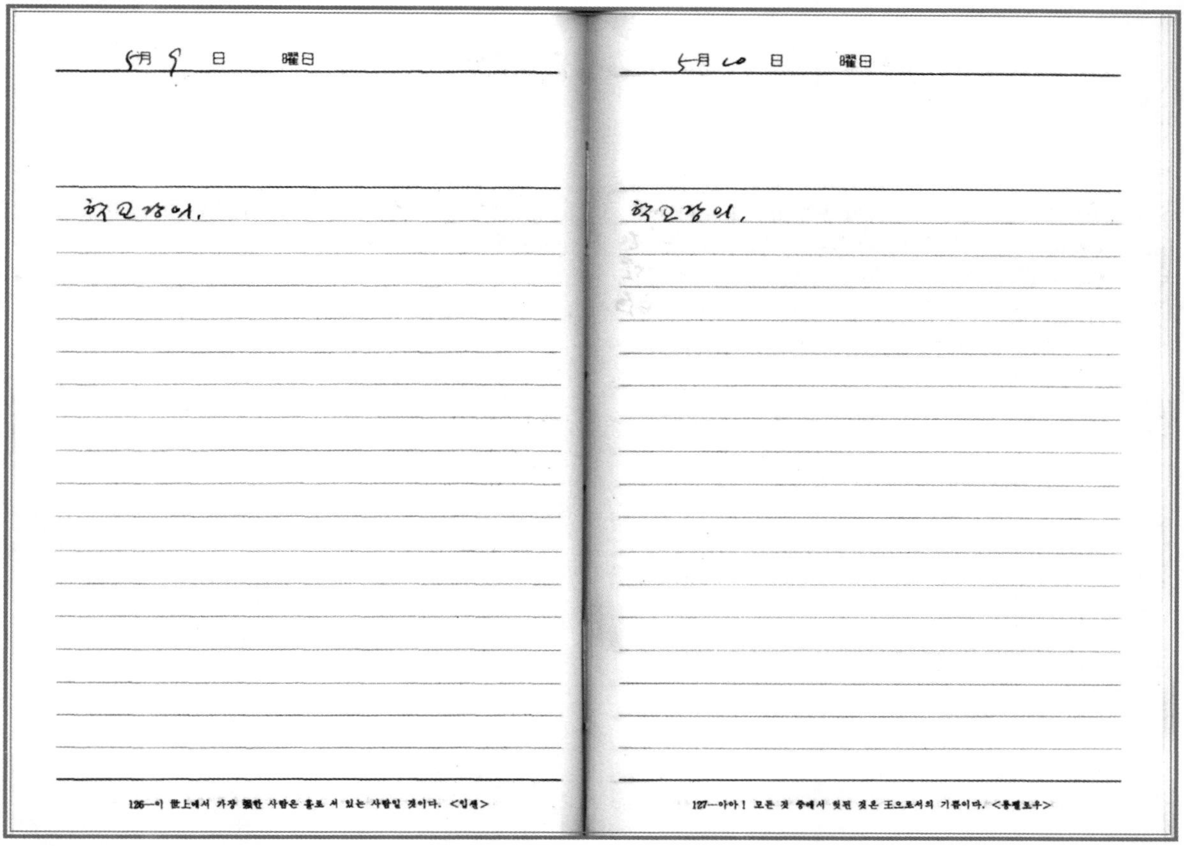
5月 9 日 曜日

학교 강의.

126—이 世上에서 가장 强한 사람은 홀로 서 있는 사람일 것이다. <입센>

5月 10 日 曜日

학교 강의.

127—아아! 모든 것 중에서 헛된 것은 王으로서의 기쁨이다. <롱펠로우>

5월 9일

학교 강의.

5월 10일

학교 강의.

5월 11일

학교 강의. 하오 여섯 시 반부터 부산데파트 강당에서 독서신문사 주최 강연 〈생활과 해학〉. 그 밖에 연사론 안병황, 이어령, 대성황. 밤엔 김종규, 우하와 함께 해운대에 가서 놀고.

5월 12일

종일 고단해서 놀았다. 은아를 데리고 금강원 산책이나 하고.

5월 13일

이상태 씨 회갑연에 갔다가 동래로 온천장으로 술이 발전. 밤에 늦게 돌아오니 서울서 이원수 형과 큰따님이 집에 와 있었다. 외손의 그림상을 받으러 왔다고.

5월 14일

원수 형 올라가고. 이발. 저녁엔 우하, 최해군 씨 부처 초대 제일식당에서 저녁을 먹고. 석불 선생이 도장 판 것을 전해주었다. 시를 지어 답례를 하겠다고 생각했다.

5月 15日 曜日

132—지나치게 먹어서 죽는 자가 먹지 못하여 죽는 자보다 많다. <나폴레옹>

5月 16日 曜日

133—모든 사람과 사람을 融合케 하는 것은 善과 美이다. <톨스토이>

5월 15일

수대 개교 31주년 기념일, 학교에서 돌아와 소설 계속해 쓰고.

5월 16일

소설 오늘로 끝내었다. 독서신문사에 줄 글씨 "능운" 두 자를 썼고, 며칠 전 석불 선생이 내게도 도장 세 개를 파주었기 때문에 그분에 사례하려고 아래와 같은 글을 짓고, 또 족자를 하려 글씨를 썼다.

刻刀爲斧七十載	칼로 새기고 도끼를 만든 지 칠십 년
石經盡破更鑿銅	석경을 다 깨서 다시 구리를 만드네
此翁神工眞驚人	이 노인의 신이한 솜씨는 참으로 사람을 놀라게 하니
石佛偉名遍四海	석불이라는 위대한 이름으로 세상에 두루 알려졌다네

石佛先生手篆造印三介惠投於我故不勝感荷而戱作拙句竝書. 向破

석불 선생이 손수 쓴 전서로 도장 세 개를 만들어서 나에게 보내주셨기 때문에 고마운 마음을 이기지 못하여 희작으로 졸구를 함께 써서 보낸다. 향파.

5月 17日 曜日

학교강의, 讀書新聞 金鍾奎 氏가 학교로 차를 보내와서 내게 양복 한벌을 지어주고, 점심을 대접해주었다. 집에 와서 소설 청서 시작하고.

5月 18日 曜日

학교강의, 소설 청서,

5월 17일

학교 강의. 독서신문 김종규 씨가 학교로 차를 보내와서 내게 양복 한 벌을 지어주고, 점심을 대접해주었다. 집에 와서 소설 청서 시작하고.

5월 18일

학교 강의. 소설 청서.

5월 19일

낮엔 소설 청서. 밤엔 독서신문 이사 모임을 일도초밥에서 가졌다. 서울서 온 안병황 씨도 함께.

5월 20일

소설 청서 끝내고. 양복 가봉. 「풍마」 총 129매.

5月21日 曜日

5月22日 曜日

138—늙은 將軍은 전쟁터에서 조급하지 않는다. <에파스파소>

139—사람의 모든 行動은 性慾과 名譽慾에서부터 始作된다. <프로이드>

5월 21일

원고 정독. 밤엔 독서신문의 김종규 씨가 왔기에 우하, 이달 씨 불러 같이 집에서 술 마시며 놀았다.

5월 22일

이발. 『월간문학』에 원고 우송. 해양사(현대)에 보낼 『파도따라 섬따라』 ④ 40매 쓰고.

5月 23 日 曜日

학교 강의. 『現代海洋』에 원고 우송.

140—허영심은 그것이 채워진 후가 아니면 바른 말도 듣지 않는다. <주베르>

5月 24 日 曜日

학교 강의. 독서신문사에 가서 金鍾圭 씨가 지어주는 양복을 찾아왔다.

141—俗談은 지혜에서 뽑아낸 것이다. <주베르>

5월 23일

학교 강의. 『현대해양』에 원고 우송.

5월 24일

학교 강의. 독서신문사에 가서 김종규 씨가 지어주는 양복을 찾아왔다.

5월 25일

학교 강의. 『한국일보』에서 콩트 원고 청탁. 을유에서 인지 도장 부탁.

5월 26일

비가 내린다. 눌원문화상 심사 관계 수정동 김재문 씨 댁에 갔다가 왔다. 수상자 결정은 허종배, 이상근 두 분. 조모님 제사를 모셨다.

5월 27일

도장을 파준 석불 옹을 우하와 동석 제일식당에서 대접. 대취해 밤에 돌아왔다.

5월 28일

『백인문학』에 줄 원고 「하남 형의 왕생」 19매를 썼다. 오후엔 최해군 씨와 은아와 같이 식물원에 가 놀다가 오고.

5月29日 曜日

146—思慮가 깊어 움직이지 않는 者보다 思慮없어도 움직이는 者가 되라. <키츠>

5月30日 曜日

147—어느 革命도 맨 처음엔 단 한 사람의 마음속의 思想이었다. <에머어슨>

5월 29일

이발. 을유문화사에 인지 3,000매를(『수호지』), 김영일 형에 「하남의 왕생」 원고를 우송.

5월 30일

학교 강의. 김영이가 학교로 와 점심을 내었다. 해운대로 가서 나중엔 동래 제일식당에까지 발전하고.

5月 31 日 曜日

148—그대의 벗의 메아리 되기보다는 오히려 그의 옆구리의 쐐기풀이 되라. <에머어슨>

6月 1 日 曜日

149—誘惑하는 者와 誘惑을 당하는 者는 어느 쪽이 罪가 더 큰가? <세익스피어>

5월 31일

학교 강의. 몸이 가려워서 민중병원에 가 주사도 맞고. 저녁나절엔 김 학장이 와서 같이 집에서 담소.

6월 1일

학교 강의. 김종규 씨 맥주 한 상자를 사가지고 왔다. 독서신문 김태영 기자와 삼홍출판사 조성출 씨도 같이 술을 마셨다.

6월 2일

청탑에서 유네스코 이사회 있었다.

6월 3일

하오 두 시부터 문화반점에서 이재호 씨 『금오신화』 출판기념회가 있었다.

6月 4 日 曜日

152—명상하고 느끼고, 또 꿈만 꾸기 위한 것이 人生이 아니다. <카라일>

6月 5 日 曜日

153—내가 永遠을 갈망함은 내가 永遠한 生命을 가진 증거이다. <위고>

6월 4일

교무과 이준승 씨가 와서 자기의 딸이 피부암인 것 같아 수술을 해야 한다고 걱정을 하기에 돈 만 원을 구해줬다. 이상태 군이 와서 술을 샀다. 이재호 씨와 『소년국사』 공저의 의논도 되고.

6월 5일

『한국일보』에서 청탁한 콩트를 써볼까 해보다가 그만두었다. 황산에게 보낼 〈석류〉 시화 한 장 그렸다. 밤엔 강남주 군이 와서 술을 샀다.

6월 6일

이상태 군의 청에 의해 추진순 묘터 공원묘지에 갔다가 제일식당에서 술을 마셨다. 이발.

6월 7일

종일 비가 내렸다. 몸이 고단해서 학교도 쉬고.

6月 8日 曜日

학교 강의. 밤엔 눌원문화상 시상식에
나가 심사경위 보고. 이어서 金鍾圭, 李潤
根氏와 술.

156—急히 굴지 말라 自然은 決코 急히 굴지 않는다. <에이버리>

6月 9日 曜日

하는 일 없이 놀고. 남천에서 할
머니가 오심.

157—예술은 사람들을 合同시키는 하나의 手段이다. <톨스토이>

6월 8일

학교 강의. 밤엔 눌원문화상 시상식에 나가 심사경위 보고. 이어서 김종규, 이윤근 씨와 술.

6월 9일

하는 일 없이 놀고. 남천에서 할머니가 오심.

6月 10 日 曜日

마산에 있는 김재도 군이 와서 많은 선물을 사주고, 여러 군데에 가서 술을 사주었다. 제일 식당에 있는 술빚까지 갚아주고, 황산에게 "석류" 詩畵를 그려 보냈다.

158—연애는 홍역과 같은 것. 누구든지 한번은 그것에 걸려야 한다. <제롬>

6月 11 日 曜日

종일 하는 일 없이 잠만 자며 놀았다.

159—모든 榮光은 이 地上에 있어서는 永久히 가시관이다. <칼라일>

6월 10일

마산에 있는 김재도 군이 와서 많은 선물을 사주고, 여러 군데에 가서 술을 사주었다. 제일 식당에 있는 술빚까지 갚아주고. 황산에게 〈석류〉 시화를 그려 보냈다.

6월 11일

종일 하는 일 없이 잠만 자며 놀았다.

6월 12일

콩트「고향」20매 거의 다 썼다. 그러나 이른 아침에 충격적인 정갑 군의 전화를 받은 것은 야로[2]의 호일 군이 사거해 13일에 분기에서 장사를 지낸다는 소식이었다. 정말로 무던한 사람이었었는데. 섭섭하기 이를 데 없었다.

호일 군

11일에 별세

사자(嗣子) 기철

기훈

기혁

---

2) 경상남도 합천군 야로면.

6월 13일

학교 강의.

6월 14일

송재오 씨가 아침에 집으로 찾아왔기에 같이 택시 타고 학교까지 갔다. 강의. 돌아와선 콩트 정서했다.

6월 15일

학교 강의.

6月 16日 曜日

164—사람은 결혼 후 하루에 七年을 늙었다는 것을 안다. <베이컨>

6月 17日 曜日

165—현숙한 女人을 얻는다는 것은 眞珠보다 더 값진 것이다. <르므엘>

6월 16일

아침 첫 버스로 상경. 계몽사에 『어린이 얘기 국사』 열 권 쓰기로 계약. 밤엔 안춘근, 이원수, 박홍근 씨와 술. 원수 형 댁에 가서 잤다.

6월 17일

아침에 떠나기 전 황순원 씨 댁에서 차를 마시며 놀다가 10시 반 버스로 귀부. 은아에게 선물 셔츠를 주었더니 그렇게 좋아했다. 밤엔 혼자서 독작.

6月18日 曜日

166—불의의 위에 세워진 권위는 장수하지 못한다. <세네카>

6月19日 曜日

167—귓속말은 친한 벗을 이간한다. <영국 속담>

6월 18일

일요일. 은아 데리고 금강공원 산책. 저녁나절엔 최해군, 윤정규와 집에서 술. 『신동아』에서 소설 청탁이 왔다.

6월 19일

아침 아홉 시. 독서신문사 외판원 약 팔구십 명 상대 교양 강연을 해주고, 오는 길에 이발. 저녁때엔 두메와 문화반점에서 술.

6月 20 日 曜日

168—한 나라의 운, 불운은 필경 人民의 건강 여부로써 決定된다. <비콘스필드>

6月 21 日 曜日

169—사랑은 늑대도 自己를 겁내는 길을 예사로 간다. <바이론>

6월 20일

학교 강의. 재도 군이 학교로 왔기에 양 학장과 같이 점심을 먹었다.

6월 21일

『신동아』에서 청탁한 소설 준비.

6月22日 曜日

170—사랑할 수 있다는 것은 모든 것을 할 수 있다는 것이다. <체호프>

6月23日 曜日

171—사람은 動物같이 生活한다면 반드시 動物보다 나빠진다. <타고르>

6월 22일

소설 구상 준비.

6월 23일

소설 구상 준비. 종일 일손이 안 잡혀 유리만 닦다가 말았다. 서면 고려예식장에 요산 따님 결혼식장에 갔다 오고. 『월간중앙』에서 매월 「중국해학물」 연재해 달라 하나, 한 달 후에 보자 함.

6月24日 曜日

172—生에 괴로움이 없다면 무엇으로 만족이란 것을 얻을 것인가? <도스토예프스키>

6月25日 曜日

173—거짓말을 할 때 우리는 얼마나 복잡한 그물을 짜는 것인가? <스코트>

6월 24일

소설 구성 설계 끝내고.

6월 25일

처음으로 소설 「음구」 20여 매를 썼다.

6月 26 日 曜日

소설 계속해 쓰고,

174—世上에 運이라곤 없다. 모두가 시련, 형벌, 보상 또는 先見이다. <볼테르>

6月 27 日 曜日

소설 계속 100매까지 썼다. 밤에 梁學長으로부터 지난 土曜日字로 名譽敎授 認可가 내렸다는 것을 알려왔다.

175—모든 幸福한 家庭은 비슷비슷하나 不幸한 가정은 모두 각각이다. <톨스토이>

6월 26일

소설 계속해 쓰고.

6월 27일

소설 계속 100매까지 썼다. 밤에 양 학장으로부터 지난 토요일자로 명예교수 인가가 내렸다는 것을 알려왔다.

6月 28日 曜日

176—다른 사람의 잘못을 잊는 것은 온전한 복수이다. <영국 속담>

6月 29日 曜日

177—眞珠는 처녀와 같이 許多한 주의를 要한다. <디즈레일리>

6월 28일

소설 끝냄. 130여 매. 밤엔 김호준, 최해군 씨 등과 술.

6월 29일

학교에 나가 기말시험 문제 프린트. 집에 와선 소설 퇴고.

6月30日 曜日

소설 淨書, R은 냉장고를 사 좋아했다,

178—장수와 福을 원하거든 일하라. 흐르는 물은 썩지 않는다. <J. H. 스털링>

7月1日 曜日

소설 淨書 끝내어 中央우체국까지 내려가 발송, 138枚,

179—人生은 學校다. 거기서는 失敗는 成功의 敎師다. <그라나도키이>

6월 30일

소설 정서. R은 냉장고를 사 좋아했다.

7월 1일

소설 정서 끝내어 중앙우체국까지 내려가 발송. 138매.

7月 2 日 曜日

180—독일 사람은 하느님 밖에 세계에 두려워하는 것이 없다. <비스마르크>

7月 3 日 曜日

181—병은 그 반이 심적이고 나머지 반이 육체적이다. <메이벌・스미드>

7월 2일

일요일. 잔치놀이를 하루 앞당겨 했다. 와준 사람, 김재도, 김하득, 이용기, 박문하, 최해군, 김영, 최재훈, 김종규 씨 등. 이발.

7월 3일

안날에 술을 많이 마신 뒤라, 꼭 죽겠는 걸, 이수관 씨를 오늘 낮에 만나기로 약속했기 때문에 장하보 유작 시조집 『한야도』의 표지와 편화를 그려주고, 그와 점심을 같이했다. 저녁 때엔 『현대해양』에 줄 『파도따라 섬따라』의 연재원고를 쓰고.

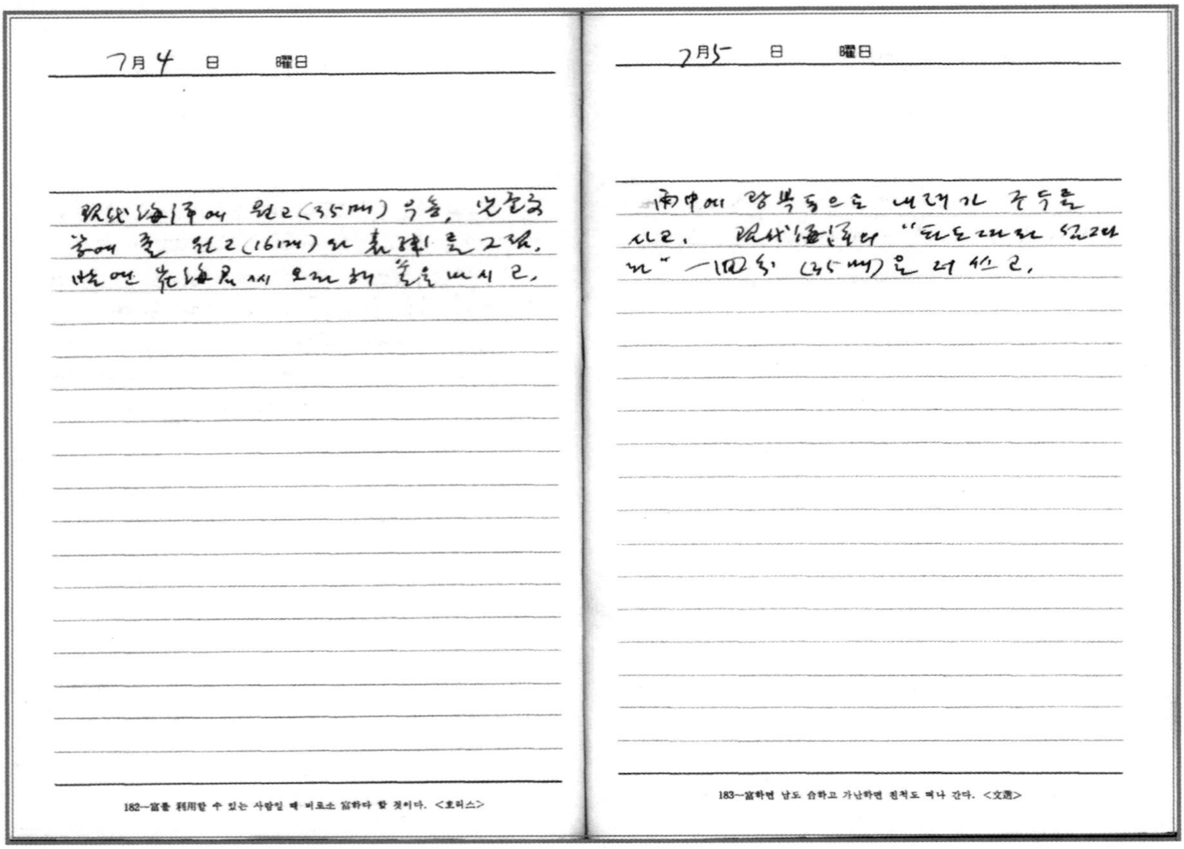

7월 4일

『현대해양』에 원고(35매) 우송. 『아동문학』에 줄 원고(16매)와 표지를 그림. 밤엔 최해군 씨 오라 해 술을 마시고.

7월 5일

우중에 광복동으로 내려가 구두를 사고. 『현대해양』의 『파도따라 섬따라』 일 회분(35매)을 더 쓰고.

7月 6 日 曜日

184—전쟁, 흉년, 전염병의 합한 것도 술의 損害와 比較할 수 없다. <글래드스턴>

7月 7 日 曜日

185—술은 범죄의 아버지요, 더러운 것들의 어머니다. <잉거솔>

7월 6일

학교에 들러 명예교수 임용장 받고 R과 같이 광복동에 내려가 구두 사고.

7월 7일

『월간중앙』에 줄 원고 쓰기 시작. 양산에 있는 김춘길 군이 제가 만든 두꺼비 모자상을 가져왔는데, 그 기술의 정교함에 놀랐다. 언제 그런 재주를 가지고 있었던가 싶어 신기로웠다. 모 두꺼비, 새끼 두꺼비 두 마리.

7月 8 日 曜日

186—무서운 종류의 죽음이 있다. 그것은 나쁜 습관이란 이름을 가졌다. <아우구스티누스>

7月 9 日 曜日

187—나는 오스트리아인이 五分間의 가치를 모르기에 이를 공격할 수 있었다. <나폴레옹>

7월 8일

『월간중앙』 원고 46장 썼다.

7월 9일

『샘터』에 줄 「정인홍」 쓰기 시작. 저녁땐 박지홍, 최해군 씨와 술. 『한국일보』 일요판에 내 콩트 「송하문답기」가 나 있었다.

7月 10 日 曜日

샘터사에 원고 12장 우송.

188--전연 하지 않는 것보다는, 늦은대로 하는 편이 낫다. <리비히>

7月 11 日 曜日

連日 장마. "月刊中央"에 실을 원고. 다시 한 달치 분 쓰고.

189--대답하지 않는 것도 역시 하나의 대답이다. <영국 속담>

7월 10일

샘터사에 원고 12장 우송.

7월 11일

연일 장마. 『월간중앙』에 실을 원고 다시 한 달 치분 쓰고.

7월 12일

학교에 나갔다가 학장, 김기주, 최위경, 이강호, 이승근 씨 등과 민락동에 가서 술을 마셨다. 박광우 씨에게 『월간문학』 한 책 우송하고.

7월 13일

학교에 출석부 전하고, 별로 하는 일 없었다. 「세이풍류록」 초회분 정리 46장.

7月 14 日 曜日

오래 묵혀두었던 菜根譚을 처음으로 쓰기 시작했다.

192—사람은 홀로 살 수가 없어서 社交的이 된 것이다. <실러>

7月 15 日 曜日

채근담 몇장 쓰고, 曺有路 씨 동시집 "부산 부두에 오면"의 書評써서 보내고, 저녁엔 집에서 雨河와 술을 시작해, 나중엔 동래로 延長.

193—모자라는 듯한 餘白! 그 餘白이 오히려 기쁨의 샘이다. <파스칼>

7월 14일

오래 묵혀두었던 『채근담』을 첨으로 쓰기 시작했다.

7월 15일

『채근담』 몇 장 쓰고, 조유로 씨 동시집 『부산 부두에 오면』의 서평 써서 보내고, 저녁엔 집에서 우하와 술을 시작해, 나중엔 동래로 연장.

7月 16日 曜日

194—忍耐心을 기르는 비결은 화가 났을 때 한 일을 하고 있으면 된다.

7月 17日 曜日

195—그날의 일을 來日로 미루기 때문에 다수의 날은 永遠히 잃어 버린다. <쿠크>

7월 16일

일요일. 아침밥 먹고, 금강원 산책. 강남주 군 산품도장에 줄 액자 글씨 "일격필파"를 쓰고, 오후엔 심심해서 김호준 씨와 문화반점에서 술 마시고, 밤엔 조유로, 손춘익 씨가 찾아와, 차를 마시고, 내 소설이 실린 『신동아』 팔월호를 사고.

7월 17일

『월간중앙』에 원고 우송.

내일 해인사로 떠날 준비.

7月 18日 曜日

아침밥을 먹은 뒤 R, 할머니, 은아, 칠우, 나, 다섯 사람이 고속버스로 대구 경유 택시로 海印寺 紅濤旅館에 投宿.

196—人間은 나면서부터 거짓의 원수이다. <칼라일>

7月 19日 曜日

菜根譚의 원고를 쓰기 시작, 오후엔 신부락에 내려가 술도 마시고.

197—하나의 거짓은 또 하나의 거짓을 낳는다. <하펜스>

7월 18일

아침밥을 먹은 뒤 R, 할머니, 은아, 칠우, 나, 다섯 사람이 고속버스로 대구 경유 택시로 해인사 홍도여관에 투숙.

7월 19일

『채근담』의 원고를 쓰기 시작. 오후엔 신부락에 내려가 술도 마시고.

7月 20日 曜日

198—무릇 좋은 것은 값 싼 것이다. 나쁜 것은 값 비싼 것이다. <도로>

7月 21日 曜日

199—財産없이 官職에 앉으면 도둑이 생긴다. <크리스토프·레이만>

7월 20일

원고 쓰고. 그런데 원로에 지쳐서인지 칠우가 자꾸만 아프려 하므로 집으로 내려갈 결심을 했다.

7월 21일

11시 직행버스로 하사. 오후에 집에 닿았다. 밤엔 박강순 씨 시집 『목련화』 출판기념회에 참석, 축사를 해주고.

7월 22일

원고 계속 쓰고. 『부일』에서 여름 특별 읽을거리 써달라 청탁하고. 최해군 씨가 전화를 해 주어 알고, 『월간문학』 8월호 샀더니 천이두 씨와 신동한 두 평론가가 내 「풍마」에 대해서 길게 써 있었다.

7월 23일

이발. 최 선생과 금강원 산책. 저녁땐 부일의 이성순 기자가 납량원고 청탁을 왔기에 집에서 같이 술을 마시며 놀았다.

7月 24日 曜日

원고 쓰고.

202—무지개도 十五分만 떠 있으면 그만 보는 사람이 없다. <괴테>

7月 25日 曜日

R의 생일이 오늘인 것을 늦게야 알고 버드나무집에 은아와 셋이서 가서 불고기 점심을 사 먹었다. 원고 쓰고.

203—惠澤을 입는 것은 自由를 잃는 것이다. <바베리우스>

7월 24일

원고 쓰고.

7월 25일

R의 생일이 오늘인 것을 늦게야 알고 버드나무집에 은아와 셋이서 가서 불고기 점심을 사 먹었다. 원고 쓰고.

7月26日 曜日

204—죽어버리기 전에는 어하한 사람도 幸福한 人間이라 부르지 말라. <아이스큐로스>

7月27日 曜日

205—예수와 소크라테스를 배워라. <프랭크린>

7월 26일

원고 쓰고. 을유에서 온 『아동문학독본』 인지 1,116매에 도장 찍고.

7월 27일

원고 쓰고. 저녁땐 최해군 씨 댁에 가서 술 마시고.

7月 28日 曜日

206—행복한 성격은 一年에 一萬磅의 收入이 있는 土地보다 낫다. <흄>

7月 29日 曜日

207—함부로 質問함은 紳士間의 會話法이 아니다. <존슨>

7월 28일

원고 쓰다가 학교에 나가 양 학장과 포항 보경사 구경을 가기로 했다.

7월 29일

이발. 원고 조금 쓰고.

7월 30일

최해군, 양재목 학장과 경주 경유 포항 보경사 구경. 절은 빈약해도 계곡의 경(景)은 좋았다. 포항으로 내려와 잤는데, 도무지 마음에 안 드는 항구였다. 사람들부터.

7월 31일

한더위. 아무 일도 할 수 없었다. 포항에서 집에 돌아온 것은 10시경. 종일 아무 일도 못 했다.

8월 1일

한더위. 은아를 데리고 해운대 바닷가에 가서 놀다가 왔다. 원고 쓰고.

8월 2일

원고 쓰고. 현대해양사에서 『한국의 전설』을 보내왔다. 『국제신보』에 나의 글, 그림의 「축서기담선」이 연재 시작.

8月 3日 曜日

원고 쓰고. 저녁때엔 雨荷와 極東호텔에 와 있는 白鐵씨를 만나 같이 저녁을 먹고 돌아왔다. 新東亞에서 稿料가 왔다.

212—누구나가 날씨에 대해 말하지만 하나도 그것을 어떻게 하지는 못한다. <마그트웨인>

8月 4日 曜日

이발. 원고 쓰고.

213—幸福은 하나의 기술이다. 곧 自己自身 속에서 발견하는 기술이 必要한 것이다. <힐티>

8월 3일

원고 쓰고. 저녁때엔 우하와 극동호텔에 와 있는 백철 씨를 만나 같이 저녁을 먹고 돌아왔다. 신동아에서 고료가 왔다.

8월 4일

이발. 원고 쓰고.

8月 5 日 曜日

원고 쓰고, 국제신보에 원고 보내고.

214—世上에는 사랑할 만한 女子는 많다. 그러나 完全한 女子는 하나도 없다. <위고>

8月 6 日 曜日

원고 쓰는데 이원수 형이 왔기에 금강원 산보. 밤엔 같이 자고.

215—大地는 우리 자신에게 온갖 冊보다도 더 많은 것을 가르쳐 준다. <생텍쥐페리>

8월 5일

원고 쓰고. 『국제신보』에 원고 보내고.

8월 6일

원고 쓰는데 이원수 형이 왔기에 금강원 산보. 밤엔 같이 자고.

8月 7 日 曜日

원고 쓰고.

216—예쁜 아내는 눈을 즐겁게 하고, 어진 아내는 마음을 즐겁게 한다. <나폴레옹>

8月 8 日 曜日

학교에 잠시 나갔다가 와서 원고 쓰고.

217—좋은 말은 결코 말질하지 않는다. 어진 아내는 불평이 없다. <영국 격언>

8월 7일

원고 쓰고.

8월 8일

학교 잠시 나갔다가 와서 원고 쓰고.

8月 9 日 曜日

큰비, 원고 쓰고,

218—아이들은 그 보는 바를 지식의 門戶로 한다. <스마일즈>

8月 10 日 曜日

원고쓰고, 啓蒙社 金時煥氏가 왔기에 만나서 술,

219—민첩한 아내는 느린 男便을 만든다. <셰익스피어>

8월 9일

큰비. 원고 쓰고.

8월 10일

원고 쓰고. 계몽사 김시환 씨가 왔기에 만나서 술.

8月11日 曜日

220—얼마 가량이라고 계산할 수 있는 사랑은 빈곤한 사랑이다. <셰익스피어>

8月12日 曜日

221—악담은 심술궂은 人間의 위안이다. <주베르>

8월 11일

연각이 놀러 왔기로 글도 안 쓰고 종일 놀았다.

8월 12일

내원사에 양 학장 부처, 최 선생 부처, 우리 R, 은아 같이 가서 불고기를 구워 먹으며 놀다 왔다.

8月13日 曜日

222—敎育은 신사, 反省은 完全한 人間을 만든다. <로크>

8月14日 曜日

223—사실처럼 변하지 않는 것은 없다. <나폴레옹>

8월 13일

민락동 망월정에서 연각, 용기, 임○수 씨와 술을 마시며 놀았다.

8월 14일

원고 쓰고. 『한국일보』에서 원고료 오고. 병칠 내외가 와서 놀다 가고.

8월 15일

광복기념일. 서울서 이원수, 박홍근 양 씨와 동경에 가 있는 최인학 씨가 와서 노는데 김종규 씨가 맥주를 사가지고 왔기에 밤까지 마시다가 송도에 가서 계속 마시면서 잤다.

8월 16일

원고 쓰고.

간밤의 꿈에 만화를 그렸다.

"사랑의 길" ? "사랑의 나무" ? 꽃?

(사랑의 승리)

떨어진 꽃잎

(실연)

8월 17일

원고 쓰고. 이발. 학교 한 번 들러서 광안리 여관에 들어 있는 이원수, 박홍근 형과 민락동 망월정에 가서 술 마시고.

8월 18일

원고 쓰고. 밤엔 두메, 이주호, 김형태, 나 넷이서 동래에 내려가 술 마시고.

8월 19일

원고 쓰고. 『월간중앙』에 보낼 「세이풍류록」 60장 쓰고.

8월 20일

사상 최대라는 홍수 소식(서울, 강원 등지). 여기도 비는 종일 내린다. 원고 쓰고.

8月21日 曜日

230—모든 위대한 眞理는 冒瀆으로서 始作된다. <버나드·쇼>

8月22日 曜日

231—악마도 그 目的때문에는 聖書를 利用할 줄 안다. <셰익스피어>

8월 21일

원고 쓰고. 밤엔 우하, 정규, 해군 씨와 우하장에서 술 마시다가 내 집에 와서 다시 마시고.

8월 22일

『채근담』을 끝냈다. 959장. 국제신보에 가서 「축서기담」 고료 받아가지고 김규태, 배 기자와 점심. 저녁때는 은아 데리고 금강원 산책.

8月23日 曜日

"月刊中央"에 줄 원고 조금 쓰고,
은아 데리고 최선생 댁에 놀러 가고.

232—거짓은 간악한 것. 그러나 우리는 거짓에 의해 生活한다. <괴테>

8月24日 曜日

尹正奎 군이 왔기에 海君 씨 불러
문화반점에서 같이 술 하고.

233—잘못하고 고치지 않는 것. 이를 잘못이라 한다. <孔子>

8월 23일

『월간중앙』에 줄 원고 조금 쓰고. 은아 데리고 최 선생 댁에 놀러 가고.

8월 24일

윤정규 군이 왔기에 해군 씨 불러 문화반점에서 같이 술 하고.

8月 25日 曜日

234—女子의 우정은 男子의 그것보다 심히 연애에 접근한다. <코올리지>

8月 26日 曜日

235—成功하는 사람은 송곳과 같이 어떤 점을 향하여 努力한다. <보비>

8월 25일

두메와 동행 상경. 서울에선 대우. 가지고 간 원고『채근담』을유에 넘기고. 밤엔 안춘근, 이원수, 박홍근, 제씨들과 술.

8월 26일

오후 1시 20분 버스로 귀부.

8월 27일

일요일. 김종우, 두메, 김종규 씨와 집에서 술.

8월 28일

원고 쓰고.

8월 29일

학교에 잠시 들렀다 왔다. 칠우가 안날 예방주사를 맞고 나 밤새 앓고 또 낮에도 앓아 크게 걱정했다. 부디 나아주길! 『월간중앙』에 줄 원고 「세이풍류록」 한 달 치분 다 쓰고.

오늘 한적(韓赤) 대표단 일행이 평양으로 가는 역사적인 날.

8월 30일

『파도따라 섬따라』 쓰기 시작. 이발. 최 선생과 금강원 산책 뒤 집에서 술 마시고.

8월 31일

감기로 몸이 불편하다. 윤정규 군이 왔기로 『소년소녀 국사 이야기』에 관한 이야기하고, 문화반점에서 술 마시며 놀고.

9월 1일

오늘 두 출판사에 우송한 원고.

휘문출판사

「삶의 즐거움」 37장

「사랑의 징검다리」 42장

신구문화사

〈동화〉 「살찐이의 일기」 28장

「쫓겨온 살찐이」 37장

「바다에 갔던 살찐이」 30장

「서울 손님 오던 날」 36장

「청개구리」 30장

「곰보바위」 26장

「꽃이 된 소녀」 31장

9月 2 日 曜日

242—젊을 때 배우고 나이 먹어서 우리는 이해한다. <에센바흐>

9月 3 日 曜日

243—햇빛이 들지 않는 집에 의사가 필요하다. <日本 格言>

9월 2일

『파도따라 섬따라』 한 달분 치 끝내고. 용기 동생에게 줄 글씨 몇 장 쓰고.

9월 3일

일요일. 오후에 윤정규 군 『한국사』 원고 쓴 것 가지고 왔기에 술 마시며 이야기하고.

9월 4일

행길에 서 있는 늙은 버드나무 한 주에 구멍이 뚫려 있어서 나는 늘 은아를 데리고 가서 그 구멍 안을 들여다보면서 "나비가 없냐?" 해본다. 은아도 무한 흥미와 환상을 가지고서 들여다본다. 그런데 어느 날은 정말 그 동굴 같은 구멍 안에 나비 한 마리가 붙어 있었다. 그러나 그 뒤에는 한 번도 그런 일이 없었다. 며칠 전 나는 종이로 나비 세 마리를 만들어가지고 그 안에 꽂아 넣어 두었다. 그런데 오늘 가 보니까, 이상하게도 종이 나비가 두 마리 없어진 대신에 진짜 나비 다섯 마리가 그 안에 붙어 있었다. 뿐만 아니라 나무 바깥 등걸에도 흰나비가 세 마리 붙어 있고, 뒷면으로도 흰나비 세 마리가 붙어 있었다. 정말 신기한 일이다.

김종규 씨가 삼성문고 단편집 계약금 삼만 원을 가지고 왔다.

9월 5일

2학기 처음으로 개학 첫 강의. 삼성출판사 작가 앨범에 쓸 사진을 찍으러 김종규 씨, 최민식 씨가 왔다.

저녁에 또 행길가에 있는 버드나무로 가 봤더니 정말 신기한 일은 구멍에는 흰나비 네 마리가 일렬로 (세로) 열을 지어 붙어 있고, 밖의 전후 등걸에는 도합 일곱 마리가 붙어 있었다. 무슨 길조일까. 이때까지는 없었던 일이었다.

도쿄 가네코 노보루 씨로부터 많은 책을 보내왔다. 정말 고마운 정 말할 수 없다. 『당대전기집』 1 · 2, 『지나괴담전집』, 『열미초당필기』, 『유명록』, 『중국석화고』 등 여섯 책.

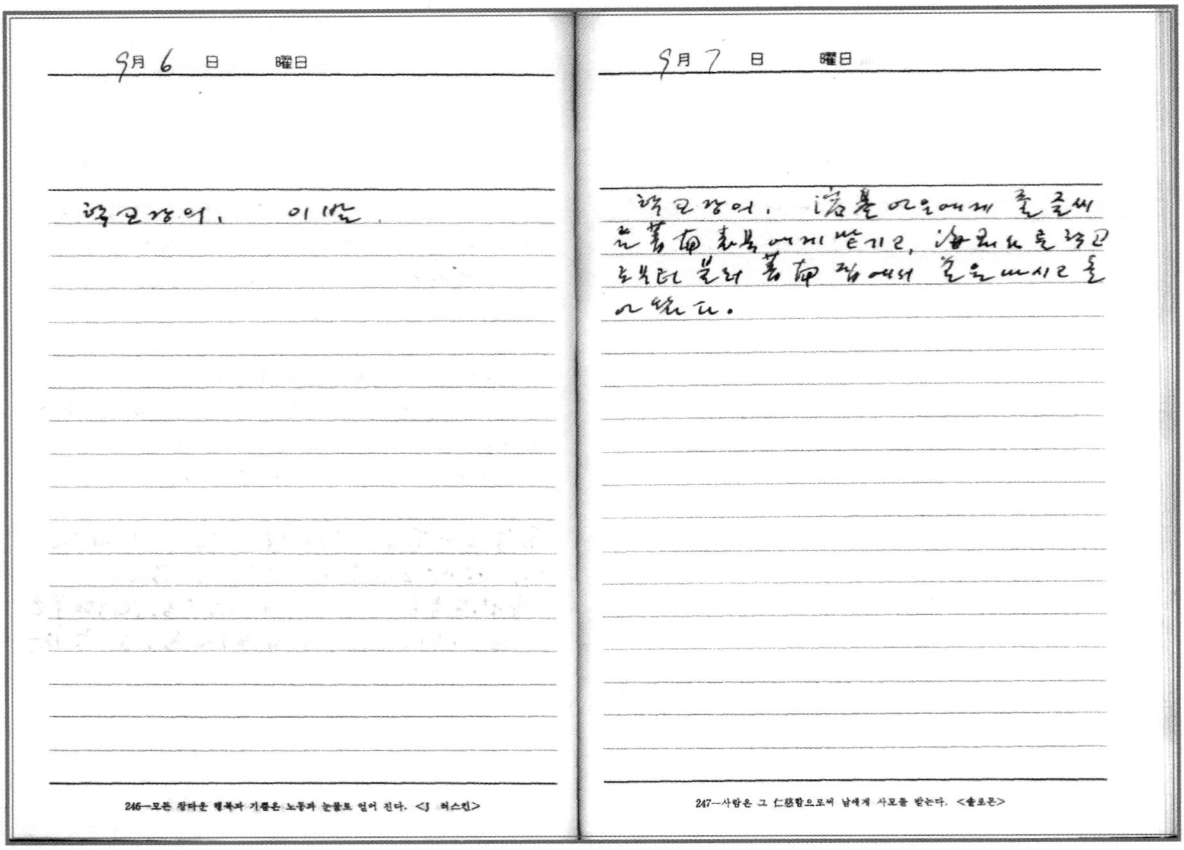
9月 6 日 曜日

학교강의. 이발.

246—모든 참다운 행복과 기쁨은 노동과 눈물로 얻어 진다. <J 러스킨>

9月 7 日 曜日

247—사람은 그 仁慈함으로써 남에게 사모를 받는다. <솔로몬>

9월 6일

학교 강의. 이발.

9월 7일

학교 강의. 용기 아우에게 줄 글씨를 청남표구에게 맡기고, 해군 씨를 학교로부터 불러 청남 집에서 술을 마시고 돌아왔다.

9월 8일

소설 「돌아오지 않는 다리」 준비해볼까 하다가 그냥 쉬어버리고.

9월 9일

최 선생과 금강원 산보. 저녁엔 박태권 씨를 만나 셋이서 술.

9월 10일

별로 하는 일 없었고.

9월 11일

『새교실』에 줄 원고 「종이나비의 신비」 9장 쓰고. 독서신문에 들러 종규 씨와 하단서 놀다가 오고. 이발.

9月12日 曜日

학교강의. 삼성에게 "해변" 보내고 "새교육"에 원고 보내고.

252—가장 무서운 惡의 서식처는 君主國家이다. <존슨>

9月13日 曜日

학교강의. 월간문학에서 원고료 오고.

253—범죄의 大源은 음주와 無敎者이다. <에이버리>

9월 12일

학교 강의. 삼성에게 『해변』 보내고 『새교육』에 원고 보내고.

9월 13일

학교 강의. 월간문학에서 원고료 오고.

9月14日 曜日

254—뜻에 거슬리는 결혼은 지옥이다. 싸움의 시작이다. <셰익스피어>

9月15日 曜日

255—될 수 있는대로 빨리 結婚하는 것은 女子의 비지네스. <쇼오>

9월 14일

대우. 학교에 나갔으나 공부는 안 하고. 윤정규 군 『한국사』 원고 가지고 왔기에 해군 씨도 불러 문화반점에서 술.

9월 15일

신문을 보고서 이번 수해에 고향 친구 백노학 군이 죽음을 당했단 소식 듣고 놀랐다.

9월 16일

오전 10시에 있는 백 군의 고별식 참례하고. 삼성문고에 보낼『희문』베끼는 것 시작.

9월 17일

『희문』베끼고. 밤엔 연민 이가원 씨가 집에 와서 두메, 해군, 오창언 씨 등과 같이 술 마시며 놀았다.

9月18日 曜日

이발.

258—행복은 첫째로 무엇보다 건강속에 있다. <커티스>

9月19日 曜日

학교 강의.

259—가르치는 것은 두 번 배우는 것이다. <주베르>

9월 18일

이발.

9월 19일

학교 강의.

9月20日 曜日

260—세상에서 가장 아름다운 것은 가사에 종사하는 女人. <로댕>

9月23日 曜日

263—과실은 부끄러워 하라. 그러나 개과는 부끄러워 하지 말라. <루소>

9월 20일

학교 강의. 『현대해양』, 『월간중앙』에 원고 우송.

9월 23일

비가 내린다. 이동섭 씨 상소에 조문 갔다 와서 원고 베끼고. 저녁나절에는 서울서 온 건일과 학교의 춘미 양이 와서 놀다가 갔다.

9월 24일

이동섭 씨 장례식에서 돌아오는 최해군, 김태홍, 또 한 분, 윤정규 제씨가 놀러 왔기에 집에서 종일 술 마시고.

9월 25일

원고 베끼고. 서울 동아방송국에서 나의『수호지』를 매조(每朝) 방송하겠다면서 전화로 교섭해 왔다. 안춘근 씨에게 전화로 부탁해 응답케 했더니 10월 1일부터 방송을 내보내기로 확정을 보았다는 회전이 왔다.

9月26日 曜日

266—거짓말은 눈뭉치(雪球)와 같다. 굴리면 굴릴수록 커 진다. <포프>

9月27日 曜日

267—하나의 거짓이 유지되려면 스무개의 거짓말이 필요하다. <포프>

9월 26일

학교 강의. 이발. 이준석 씨가 별세했다는 부보를 받고 섭섭했다. 나를 무던히 좋아했었는데.

9월 27일

학교 강의. 이준석 씨 가에 조문의 편지와 향촉대 보내고.

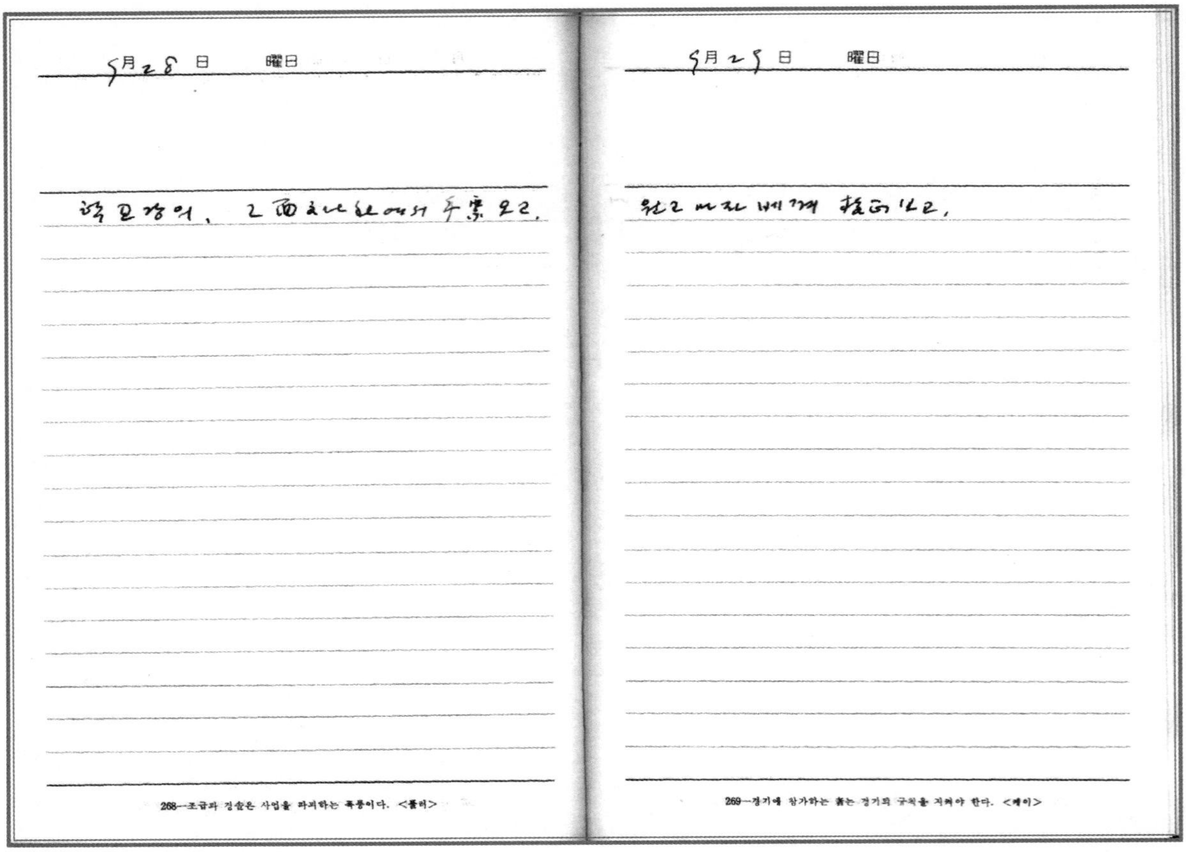

9월 28일

학교 강의. 을유문화사에서 수표 오고.

9월 29일

원고 마저 베껴 교정 보고.

9月 30 日 曜日

삼성출판사에 원고 발송. 부산데파트에서 열린 "밀레展" 구경하고,

270—경험이란 누구나가 그 過失에 對하여 붙여 주는 바 이름이다. <와일드>

10月 1 日 曜日

독서신문 金鍾圭 씨와 崔海君 씨에 줄 글씨 쓰고, 오후엔 金鍾圭 씨 왔기에 海君 씨와 함께 술 마시고, 七雨의 설사가 낫지 않아, 걱정, 빨리 나아주기를!

271—아무런 행동도 갖지 않은 思想은 思想이 아니라 夢想이다. <마르틴>

9월 30일

삼성출판사에 원고 발송. 부산데파트에서 열린 〈밀레전〉 구경하고.

10월 1일

독서신문 김종규 씨와 최해군 씨에 줄 글씨 쓰고. 오후엔 김종규 씨 왔기에 해군 씨와 함께 술 마시고. 칠우의 설사가 낫지 않아, 걱정. 빨리 나아주기를!

10월 2일

몇 달째 배가 빽빽하게 불러 무슨 변인지 불안해 제일병원 홍성문 박사에게 진찰했으나 대단치는 않지만 이삼일 후 경과를 보자 했다. 이발. 『부산일보』에서 「낙엽」 수필 부탁하기에 5매를 썼다.

10월 3일

칠우의 설사가 낫지 않아 걱정이다.

옥치정 씨 회갑기념집에서 청한 「내가 아는 한메」 7장을 썼다. 저녁땐 윤정규 군이 와서 놀다가 갔다.

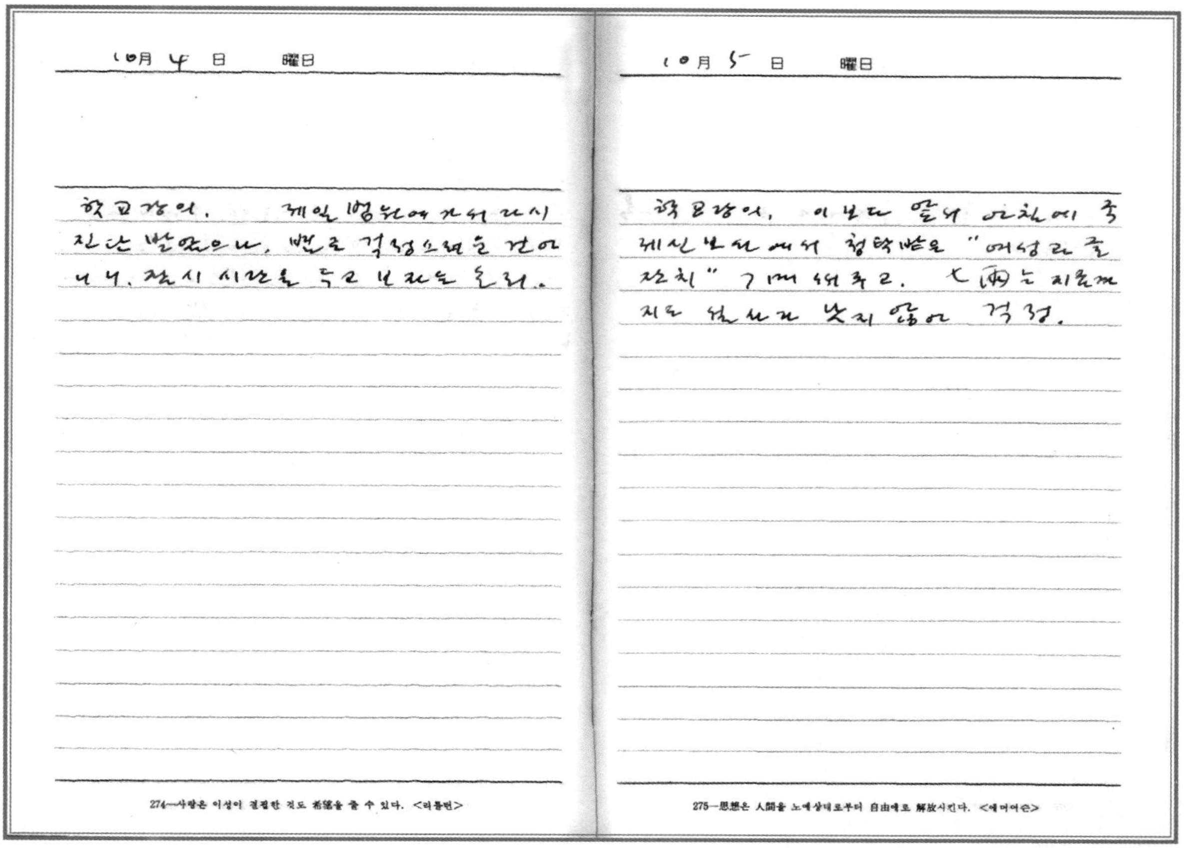

10월 4일

학교 강의. 제일병원에 가서 다시 진단받았으나 별로 걱정스러운 건 아니니, 잠시 시간을 두고 보자는 소리.

10월 5일

학교 강의. 이보다 앞서 아침에 국제신보사에서 청탁받은 「여성과 글잔치」 7매 써주고. 칠우는 지금까지도 설사가 낫지 않아 걱정.

10월 6일

연보자료 정리. 시내에 가 청남에서 표구 부탁하고.

10월 7일

마산 김재도 군이 왔다. 취직이 될 듯하다니 그런 다행이 없고. 윤정규 군 원고 가지고 왔기에 수표 10만 원 주어 을유에서 바꾸게 하고.

10월 8일

간밤에 꿈에서 얻은 시.

하늘 음악 소리 들리는 곳으로
또닥또닥 계단을 밟고 올라가는 소리
얼마 아녀 한 사람 도로 내려오면서
혼자서 하는 소리
하늘에는 사람이 살지 않지 않아.

이발. 오후에 최해군, 김호준 씨와 동삼동으로 교외 산책.

10月10日 曜日

학교강의, 병칠 부친의 제삿날. 은아 모와 대신동에 가서 조위하고 왔다.

280—時間을 절약하는 것은 생명을 연장하는 것이다. <서양 금언>

10月11日 曜日

학교강의, 독서신문에 들러, 三星文庫에 줄 年譜 전하고.

281—가장 현명한 것은 시간이다. 時間은 一切의 문제를 해결한다. <사이러스>

10월 9일

동주여상고 강당에서 있은 부산여류문화회 주최 영남여류백일장에 심사, 심사평. 일본 가네코 노보루 씨에 인형 우송.

10월 10일

학교 강의. 병칠 부친의 제삿날. 은아 모와 대신동에 가서 조위하고 왔다.

10월 11일

학교 강의. 독서신문에 들러 삼성문고에 줄 연보 전하고.

10月 12 日 曜日

학교강의.

282—시간엄수는 젊어서 만들어야 하는 가장 좋은 習慣의 하나다. <루다아 · 모겐>

10月 13 日 曜日

"초록별"의 表紙 그림 그리고. 은아 데리고 금강원 산보. 저녁나절엔 太和의 한專務, 金尙鍊씨 만나 表紙 전하고 술마심.

283—狂人과, 戀人과, 詩人에게는 想像이 꽉 들어 차 있다. <셰익스피어>

10월 12일

학교 강의.

10월 13일

『초록별』의 표지 그림 그리고. 은아 데리고 금강원 산보. 저녁나절엔 태화의 한 전무, 김상련 씨 만나 표지 전하고 술 마심.

10月 14 日 曜日

284–天才에 대한 최초, 그리고 최후로 요구되는 것은 진리를 사랑하는 일이다. <괴테>

10月 15 日 曜日

285–人生은 짧다. 그러나 이를 야비하게 쓰면 지나치게 길다. <셰익스피어>

10월 14일

선산 성묘를 하러 합천으로 먼저 가려다가 시간이 늦어서 김종규 씨 지프차 같이 타고 해인사행. 홍도여관에서 잤다.

10월 15일

아직 단풍은 잘 들어있지 않았다. 합천으로 가서 산소에 성묘하고, 밤에 집으로 돌아왔다.

10월 16일

청산학원에 가 연각을 만나 "빙청옥결"이라 전서(篆書)한 액자 기증하고. 안영호, 김종규, 조순 씨 등과 '유장'에 가 점심 먹고. 연각이 고료 탄 것으로 온천장 '대구집'에서 술을 내어 우하, 최 선생 등과 즐기고. 칠우는 설사는 뜸해졌으나 다시 턱밑에 솔이 나서 자꾸만 운다. 안타까움. 은아는 외가 남천에 가서 잔다 한다.

10월 17일

학교 강의. 밤 일곱 시에 비상계엄 발표. 무슨 일일까. 『월간중앙』에 줄 「세이풍류록」 원고 씀. 은아는 남천에 가서 아직 안 오고.

10월 18일

학교에 한 번 나갔다 오고. 어제 쓰던 원고 다 끝내고. 칠우는 박용상피부과에 다니고.

10월 19일

『현대해양』에 줄 연재물『파도따라 섬따라』 원고 쓰고. 은아는 나흘 만에 집에 돌아왔다. 그렇게 떨어져 잘 수 있었다니 장하지 않을 수 없는 일.

10월 20일

이발. 김의환 씨 저『인간 이순신전』의 표지 제자를 써주었다.

10월 21일

문화반점에서 두메 수상(한글학회 공로상) 축하연에 참석. 연각, 이주호, 창수 제씨 등. 서울서 연민이 글씨를 보내어 왔다. 서재에 걸 것.

10월 22일

일요일. 최해군 씨와 만덕고개 등산. 나중에 윤정규 군까지 찾아와서 같이 술을 마시며 놀았다.

10월 23일

제3차 남북적십자회담이 평양에서 열리는 날. 몸이 찌뿌듯해서 종일 누워 있었다. 칠우는 여러 날 앓던 피부병 때문에 병원에 갔는데, 이젠 거의 나은 모양 같아 걱정이 놓인다.

10月 24日 曜日

"소년소녀 한국사" 원고 정리.

294—짧은 기도가 하늘에 닿는다. <영국 격언>

10月 25日 曜日

月刊中央과 現代海洋에 원고 우송, 계몽사 원고 교정.

295—지금 사랑을 실행하지 않는 자는 사랑을 안 가진 자이다. <톨스토이>

10월 24일

『소년소녀 한국사』 원고 정리.

10월 25일

『월간중앙』과 『현대해양』에 원고 우송. 계몽사 원고 교정.

10월 26일

이발. 『한국사』 교정. 밤엔 강남주 군이 놀러 와서 같이 술을 마셨다.

10월 27일

시내에 잠시 들렀다가 원고 교정. 합천에서 청국장을 보내와서 잘 먹었다.

10월 28일

칠우의 피부병 고쳐준 박용상 원장에게 사례로 점심을 냈다. 배재 때의 제자라 해 치료비를 안 받았기 때문에.

10월 29일

『한국사』 교정.

10월 30일

고 임하수 군의 따님 연실 양의 결혼식에 주례를 서주고. 오후엔 김상련 씨가 내는 술을 민락 망월정에 가서 마셨다. 대취.

10월 31일

대주한 뒷날이어서 종일 몸이 고단했다. 윤정규 군이 놀러 오고. 남창 임신행 군이 놀다가 갔다.

11月 1日 曜日

원고 교정, 김상련 동시집 "꽃구름 동동"에 주는 서문을 써주고,

302—어떤 者는 罪로써 出世하고, 어떤 者는 善行으로 亡한다. <셰익스피어>

11月 2日 曜日

원고 교정, 金宗奎, 雨河 兩氏와 石佛先生 宅에 가 놀다가 술을 大飮,

303—푸진 선물도 보낸 사람이 불친절한 줄 알고 나면 초라해 진다. <셰익스피어>

11월 1일

원고 교정. 김상련 동시집『꽃구름 동동』에 주는 서문을 써주고.

11월 2일

원고 교정. 김종규, 우하 양 씨와 석불 선생 댁에 가 놀다가 술을 대음.

11月 3日 曜日

304--돈 때문에 結婚하지 말라. 그러나 돈 있는 데로 가라. <테니슨>

11月 4日 曜日

305--不幸중에 생겨난 우정은 幸福중에 생겨난 것보다 굳고 또한 永續하다. <어치>

11월 3일

을유에 부탁한 『박물관명편도감』이 왔다. 원고 교정. 월간중앙에서 고료도 오고.

11월 4일

일본 가네코 노보루 씨에 『명편도감』 우송. 다음 달 『월간중앙』에 보낼 「세이풍류록」 63장을 썼다.

11월 5일

계몽사에 보내는 『소년소녀 한국아동문학전집』 원고

「외로운 짝보」(200자 용지 약 120장분)

「섬에서 온 아이」(200자 용지 약 200장분)

종일 원고 교정. 저녁때엔 최해군 씨와 산책하고.

11월 6일

원고 교정. 김상련 동시집 『꽃구름 동동』 표지 그리고.

11月 7日 曜日

원고 교정, 김상련 표지 주고. 은아와 금강원에 가서 떼 떼고.

308—고결한 마음을 가진 사람에게는 어떤 일도 高貴해 진다. <유리피데스>

11月 8日 曜日

메리놀병원에 입원해 있는 梁 學長 위문하고 학교에 나가 강사료 타고 나오다가 이준승 선생과 연락 나오게 해 民樂里 望月亭에서 大醉

309—음악은 악덕이 따르지 않는 유일한 感覺的 快樂이다. <존슨>

11월 7일

원고 교정. 김상련 표지 주고. 은아와 금강원에 가서 떼 떼고.

11월 8일

메리놀병원에 입원해 있는 양 학장 위문하고 학교에 나가 강사료 타고 나오다가 이준승 선생과 연각 나오게 해 민락리 망월정에서 대취.

11月 9日 曜日

310—벗을 얻는 가장 確實한 方法은 나 스스로가 남의 벗이 되는데 있다. <에머어슨>

11月 10日 曜日

311—지혜없는 힘은 자기와 이웃을 亡치게 한다. <존슨>

11월 9일

목욕. 이발. 어머님의 제삿날. 합천에서 병칠 모, 홍이 모가 왔다. 병칠, 영일, 창식이 오고, 창균이란 놈은 역시 오지 않고. 사람 같지 않은 놈. 서울서 오소백 씨 와서 전화를 했으나 제사 때문에 못 나가고.

11월 10일

낮엔 김종규, 오소백, 일인 사진가 한 사람이 와서 점심 같이 집에서 먹었고, 저녁때엔 서울 계몽사 김시환 씨와 부산지사장이 와서 저녁 같이 먹고 여관에 가서 잤다.

11월 11일

계몽사 김시환 씨 떠나고, 고려예식장에 가 정원의 결혼식장 참석한 뒤 덕수예식장에 가서 수대 학생 염종원 군의 결혼식에 주례 서주고.

11월 12일

최 선생과 함께 메리놀병원에 가 양 학장 위문하고, 희다방에서 있는 임호 개인전에 갔다가, 은아, 최 선생 함께 성지수원지에 가 놀다가 도중 여러 차례 술 마시고.

11月13日 曜日

314—용서는 승리중에서 가장 神聖한 것이다. <실러>

11月14日 曜日

315—過失을 범하는 것은 人間的이다. 용서하는 것은 神的이다. <포프>

11월 13일

몸이 불편했으나, 『월간중앙』에 주는 「세이풍류록」 원고 미리 좀 쓰고. 해인사 이정숙 부대 앞에서 음식점 개점했다기에 은아 엄마와 함께 가서 점심 먹고.

11월 14일

송재오 씨가 왔기에 점심 같이하고. 이발. 원고 쓰고.

11월 15일

『월간중앙』 원고 끝내고. 저녁나절엔 김종우 씨 전화로 불러내어 새마을식당에서 저녁밥을 같이 먹고.

11월 16일

평론가 홍기삼 씨 취재차 왔다고 김종규 씨의 전화가 있었기에 내려가 청남을 만나고 유장에 가 술을 마시고 돌아왔다.

11月17日 曜日

318—벗을 責하는데는 남 모르게. 그를 찬양하는 데는 公公然하게. <도로>

11月18日 曜日

319—당신들은 게를 똑바로 걷게 할 수는 없다. <아리스토 파네스>

11월 17일

원고 쓰고. MBC TV 방송국에 가 지성인 참여 문제에 대한 생방송하고 왔다.

11월 18일

MBC에 가서 '김치'에 관한 방송. 저녁때엔 김종우 씨와 저녁을 먹고.

11月19日 曜日

희다방에 내려가서 金尙鍊氏 詩畵展 구경하고 尹正奎君과 梵魚寺에 가 놀다가 途中에 KU의 洪君 만나 술 마시고 늦게 돌아왔다.

320—今日의 紅顔, 明日의 白骨. <스페인 격언>

11月20日 曜日

過飮後인 탓일까. 몸이 아파 종일 누어 있었다.

321—연애와 종교는 우정보다 강하다. <디즈레일리>

11월 19일

희다방에 내려가서 김상련 씨 시화전 구경하고 윤정규 군과 범어사에 가 놀다가 도중에 KU의 홍 군 만나 술 마시고 늦게 돌아왔다.

11월 20일

과음 후인 탓일까. 몸이 아파 종일 누워 있었다.

11月 21日 曜日

국민투표. 원고 쓰고. 오후엔 尹正奎, 崔海君, 姜南周 君 와서 놀고.

322—엄격함을 모르는 사람은 동정할 줄도 모른다. <칼라일>

11月 22日 曜日

원고 쓰고.

323—예술은 貴하다. 그러나 사람의 心[illegible]의 [illegible]은 더욱 貴하다. <[illegible]>

11월 21일

국민투표. 원고 쓰고. 오후엔 윤정규, 최해군, 강남주 군 와서 놀고.

11월 22일

원고 쓰고.

11월 23일

이발. 시내에 갔다가 삼성 김종규 씨와 점심 먹고 옴. 계몽사에서 고료 착.

11월 24일

학교에 잠시 나갔다 왔다. 어문각의 『신한국문학전집』에 줄 작품 정리 및 연보 쓰고.

그러나 무엇보다도 마음에 충격을 준 것은 박광호 씨의 부보였다. 아침에 운명했다고 밤에 누군가가 전화로 알려주었다. 참으로 심통한 일이다. 그동안 마음에는 있으면서도 도와주질 못하고. 폐병, 참으로 무서운 병이다. 끝내 못 살고 가는데, 그동안엔 처자식들이 학대했다는 이야기도 들어왔던 터다. 박 형의 명복을 빌 뿐이다.

11月 25日 曜日

326—자(尺)도 짧을 때가 있으며 치(寸)도 길 경우가 있다.

11月 26日 曜日

327—소가 없으면 구유는 깨끗하겠지마는 소의 힘으로 얻는 것이 많다. <솔로몬>

11월 25일

한명현 씨가 왔기에 박광호 씨 댁에 전할 부의금만 전하고 내일 장지에 다 가보기로 했다. 현대해양사에 원고 우송. 오후엔 우하와 석불 선생 댁에 가 『독서신문』에 줄 원고 취재하고, 술. 계몽사에서 『아동문학전집』 고료 오고.

11월 26일

일요일. 최해군 씨와 기장고개에 있는 함북도민 영락묘지에 묻히는 박광호 씨 장례식에 참석. 올 때는 기장으로 걸어와 송정 경유 귀가.

11월 27일

어문각에 전집 원고 우송. 점심땐 연각 만나 김종규 씨와 점심 같이하고. 선용 씨의 번역동화집에 줄 서문 쓰고. 한림출판사에서 원고료 오고.

11월 28일

정산양복점에 양복 맞추고, 『월간중앙』에 원고 발송. R과 광복동에 가서 믹서, 전기스토브를 사가지고 왔다. 밤엔 시집 관계 강남주 군 왔다 가고.

11月29日 曜日

330—惡이란 무엇일까? 연약함에서 생기는 一切의 것이다. <니이체>

11月30日 曜日

331—가장 幸福한 女人은 가장 幸福한 國民처럼 역사를 갖지 않는다. <조지엘리오트>

11월 29일

학교에 잠시 나갔다 오고. 밤엔 윤정규, 우하가 와서 집에서 술 마시고. 그런데 최해군 문화상 수상이 금년에 또 실패됐다는 소식. 참으로 더러운 판국.

11월 30일

양복 가봉. 이발. 연각과 초량에서 점심 같이 먹고.

12월 1일

『독서신문』에 줄 석불 선생의 원고 대신 쓰고. 이원수, 김영일 형들의 편지가 왔다.

12월 2일

어제의 원고 다 끝내고. 김영일, 박대희 씨 등에 편지 내고.

12月 3日 曜日

334—말은 은(銀)이고, 침묵은 금(金)이다. <칼라일>

12月 4日 曜日

335—男子는 求婚할 때가 四月이고 결혼할 때가 十二月이다. <셰익스피어>

12월 3일

우하, 근암과 용기 동생 집에 가 놀다가 왔다.

12월 4일

금강원 산책. 『현대해양』에 줄 다음 달 원고 착수.

12月 5 日 曜日

한달 1반 만에 처음으로 강의.

336—迷信은 품고 있으면 결국 不幸의 구렁텅이에 빠지기 쉽다. <발자크>

12月 6 日 曜日

학교 강의.

337—잗다란 것이 完成을 만든다. 그런데 完成은 잗다란 것이 아니다. <미켈란젤로>

12월 5일

한 달 반 만에 처음으로 강의.

12월 6일

학교 강의.

12月 7日 曜日

338—人間의 後半生은 보통 前半生에 쌓여진 습관만에 의해 성립된다. <도스토예프스키>

12月 8日 曜日

339—이 앓이를 끈기있게 견딜 수 있었던 哲學者는 일찌기 없었다. <세익스피어>

12월 7일

학교 강의. 정산에 가 외투 찾고. 『수대학보』에 연재물 써주고.

12월 8일

이발. 윤정규 군이 원고를 써 왔기에 밤까지 술 마시고.

12월 9일

『수대학보』에 줄 「대학생의 문학적 수양」 쓰고. R은 무길과 광복동에 가서 가스테이블과 전기면도기 사 오고.

12월 10일

일요일. 연각, 최해군 부처, 윤정규 부처, 우리 집 식구 세 사람, 오륜대에 가서 닭 사 먹고 놀다가 왔다.

12월 11일

자고 일어나니까 갑자기 왼쪽 귀가 안 들리기에 제일병원에 가서 치료를 받았다. 중이 아닌 내이에 신경통인 듯하다는 의사의 말이었다.

12월 12일

아무래도 몸에 자신이 없어 차표를 무르고, 집에서 몸을 쉬었다.

12月 13 日 曜日

344—자선은 婦人의 미덕이다. 관대함은 남자의 덕이다. <A. 스미드>

12月 14 日 曜日

345—두 사람의 영국인이 만나면 처음 이야기는 날씨 이야기다. <S. 존슨>

12월 13일

강추위. 서울 잘 안 갔다 싶었다.

김종규, 연각 양 씨가 왔기에 점심을 하고. 강남주 시집의 장정 만들고.

12월 14일

강남주 군 시집 교정과 체재 등 보아줌. 그 시집의 서문 쓰기 시작하고.

12月 15日 曜日

병칠이가 12낙주 한상자를 사왔다.
. 투표일. 투표하고

346—금전은 인간의 노력과 인간의 생명을 代表한다. <에이버리>

12月 16日 曜日

종일 하는일 없이 놀다가 저녁엔
두메와 술 마시고. 아침엔 이발.

347—황금은 도덕이 빛을 잃었을 때에 빛이 난다.

12월 15일

병칠이가 맥주 한 상자를 사 왔다. 투표일. 투표하고.

12월 16일

종일 하는 일 없이 놀다가 저녁엔 두메와 술 마시고. 아침엔 이발.

12월 17일

일요일. 저녁때에 김종규, 윤정규, 우하 놀러 와서 술 마심.

12월 18일

학교 기말시험.

12月 19日 曜日

정규 군이 쓴 한국사의 원고 교정. 밤에는 집에서 최해군 씨와 술 마시고.

350—인색하다고 욕 먹을까 겁내어 무익한 돈을 쓰지 말라. <홍순>

12月 20日 曜日

한국사 원고 교정.

351—사람은 대개 思想의 싸움보다 性格의 충돌로써 원수를 만든다. <발자끄>

12월 19일

정규 군이 쓴 『한국사』의 원고 교정. 밤에는 집에서 최해군 씨와 술 마시고.

12월 20일

『한국사』 원고 교정.

| 1 2月 2 1 日 | 曜日 | | 1 2 月 2 2 日 | 曜日 |

원고 교정 끝냄. 시내로 내려가 내가 그림
두점을 出品한 素人趣味展 구경하고
이발.

아침 고속버스로 상경, 啓蒙社, 乙酉
文化社 들러 볼일 보고, 正音社의 朴大熙
氏만나 小説刊行 의논하고 밤엔
金英一 씨와 술을 마셨는데,
몸이 갑자기 좋지 않아 걱정이
되었다.

352—우리는 가난을 청찬하지 않는다. 가난에 굽히지 않는 사람을 청찬한다. <톨스토이>

353—나무를 겨누는 자보다 태양을 겨누는 자의 화살이 높이 난다. <시드니>

12월 21일

원고 교정 끝냄. 시내로 내려가 내가 그림 두 점을 출품한 소인취미전 구경하고 이발.

12월 22일

아침 고속버스로 상경. 계몽사, 을유문화사 들러 볼일 보고. 정음사의 박대희 씨 만나 소설 간행 의논하고 밤엔 김영일, 안춘근 씨와 술을 마셨는데, 몸이 갑자기 좋지 않아 걱정이 되었다.

12月 23日 曜日

354—자기를 깎아 말할 때는 믿지만, 자기를 추켜 말하면 아무도 믿지 않는다. <몽테뉴>

12月 24日 曜日

355—할 수 있는 사람은 하고, 할 수 없는 사람이 가르친다. <버나드·쇼>

12월 23일

역시 몸이 좋지 못하다. 왕년에 빈혈로 현기증이 날 때와도 같은 증상. 낮 버스로 귀부. 올 때에 산 옷을 주었더니 은아는 그렇게도 좋아한다.

12월 24일

크리스마스의 밤. 심심해서 최해군, 윤정규 두 사람 오게 해서 집에서 술을 마시고 놀았다.

12月 25日 曜日

356—연애는 閑人이 할 일, 바쁜 사람의 娛樂, 그리고 君王의 破滅이다. <나폴레옹>

12月 26日 曜日

357—天地사이에는 哲學으로는 夢想도 할 수 없는 숱한 일들이 있다. <셰익스피어>

12월 25일

독서신문 주최 연말파티에 갔다가 민락 망월정에 가서 우하, 용기와 술 마시며 잤다.

12월 26일

종일 놀고. 『현대해양』, 『월간중앙』에 원고 우송.

12월 27일

연각, 우하와 술.

12.28일

이발. 별로 하는 일 없이.

12月27日 曜日

저녁, [illegible] 술.

12.28日

이 날. 별로 하는 일 없이.

12.29

두메와 通度寺에 가 놀다가 자고.

12.30

보리네 누님 사위인 李君의 三男 治炯 君의 결혼식 主禮를 새부산 예식장에서. 炳七이 金剛園에 새로 산 집에 이사하고.

12.31

七雨가 여러 번이나 저 혼자서 섰다. 저로서도 좋은 모양이다. 밤엔 조부님의 제사. 한 놈도 오는 자식 없이 은아와 나만 절.

358—연애는 결혼보다 즐거운 것. 그것은 小說이 歷史보다 興味있기 때문이다. <칼라일>

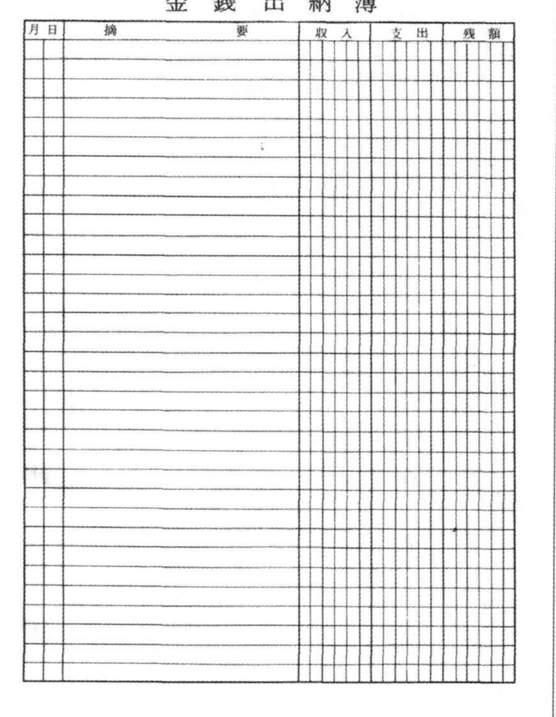

12.29

두메와 통도사에 가 놀다가 자고.

12.30

보리네 누님 사위인 이 군의 삼남 치형 군의 결혼식 주례를 새부산예식장에서. 병칠이 금강원에 새로 산 집에 이사하고.

12.31

칠우가 여러 번이나 저 혼자서 섰다. 저로서도 좋은 모양이다. 밤엔 조부님의 제사. 한 놈도 오는 자식 없이 은아와 나만 절.

芳 名 録

姓名	住所	電話
炳七	西區 西大新洞 3가 679	(6—7)

芳 名 録

姓名	住所	電話

병칠 서구 서대신동 3가 679(6—7)

年令對照表

1972年

年齡	西紀	檀紀	干支	年齡	西紀	檀紀	干支	年齡	西紀	檀紀	干支
1	1972	4305	壬子	25	1948	4281	戊子	47	1926	4259	丙寅
2	1971	4304	辛亥	26	1947	4280	丁亥	48	1925	4258	乙丑
3	1970	4303	庚戌	27	1946	4279	丙戌	49	1924	4257	甲子
4	1969	4302	己酉	28	1945	4278	乙酉	50	1923	4256	癸亥
5	1968	4301	戊申	29	1944	4277	甲申	51	1922	4255	壬戌
6	1967	4300	丁未	30	1943	4276	癸未	52	1921	4254	辛酉
7	1966	4299	丙午	31	1942	4375	壬午	53	1920	4253	庚申
8	1965	4298	乙巳	32	1941	4274	辛巳	54	1919	4252	己未
9	1964	4297	甲辰	33	1940	4273	庚辰	55	1918	4251	戊午
10	1963	4296	癸卯	34	1939	4272	癸卯	56	1917	4250	丁巳
11	1962	4295	壬寅	35	1938	4271	戊寅	57	1916	4249	丙辰
12	1961	4294	辛丑	36	1937	4270	丁丑	58	1915	4248	乙卯
13	1960	4293	庚子	37	1936	4269	丙子	59	1914	4247	甲寅
14	1959	4292	己亥	38	1935	4268	乙亥	60	1913	4246	癸丑
15	1958	4291	戊戌	39	1934	4267	甲戌	61	1912	4245	壬子
16	1957	4290	丁酉	40	1933	4266	癸酉	62	1911	4244	辛亥
17	1956	4289	丙申	41	1932	4265	壬申	63	1910	4243	庚戌
18	1955	4288	乙未	42	1931	4264	辛未	64	1909	4242	己酉
19	1954	4287	甲午	43	1930	4263	庚午	65	1908	4241	戊申
20	1953	4286	癸巳	44	1929	4262	己巳	66	1907	4240	丁未
21	1952	4285	壬辰	45	1928	4261	戊辰	67	1906	4239	丙午
22	1951	4284	辛卯	46	1927	4260	丁卯	68	1905	4238	乙巳
23	1950	4283	庚寅					69	1904	4237	甲辰
24	1949	4282	己丑					70	1903	4236	癸卯

1972年度 省文社版

1971年 10月 20日 印 刷

1971年 11月 1日 發 行

編輯兼發行者 李 興 烈

發 行 處 省 文 社

서울特別市鍾路區公平洞5－1

電 話 (73) 6004・7746・7874

연구책임자
정우택 성균관대 국어국문학과 교수

공동연구원
고영만 성균관대 문헌정보학과 교수
이영호 성균관대 동아시아학술원 교수
이순욱 부산대 국어교육과 교수
이동순 조선대 자유전공학부 교수

전임연구원
이경돈 성균관대 대동문화연구원 연구교수
임수경 성균관대 대동문화연구원 연구교수
유석환 성균관대 대동문화연구원 연구교수
박성태 성균관대 대동문화연구원 연구교수

이주홍 일기 2

초판 1쇄 발행 2023년 12월 29일
초판 2쇄 발행 2024년 4월 29일

엮은이 정우택, 이경돈, 임수경, 유석환, 박성태
펴낸이 유지범
펴낸곳 성균관대학교 출판부

등록 1975년 5월 21일 제1975-9호
주소 03063 서울특별시 종로구 성균관로 25-2
대표전화 02)760-1253~4
팩스밀리 02)762-7452
홈페이지 press.skku.edu

ISBN 979-11-5550-629-5 93810